〔英〕埃利亚斯·卡内蒂 著

徐庆 译

著作权合同登记号　图字 01-2019-1721

Elias Canetti
Der Ohrenzeuge. Fünfzig Charaktere

图书在版编目(CIP)数据

耳证人/(英)埃利亚斯·卡内蒂著;徐庆译.
—北京:人民文学出版社,2020
(卡内蒂作品集)
ISBN 978-7-02-015211-7

Ⅰ.①耳…　Ⅱ.①埃…　②徐…　Ⅲ.①散文集-英国-现代　Ⅳ.①I561.65

中国版本图书馆 CIP 数据核字(2019)第 082628 号

责任编辑　**朱卫净　欧雪勤**
装帧设计　**汪佳诗**

出版发行　**人民文学出版社**
社　　址　**北京市朝内大街 166 号**
邮政编码　**100705**
网　　址　**http://www.rw-cn.com**

印　　制　**杭州钱江彩色印务有限公司**
经　　销　**全国新华书店等**

字　　数　**67 千字**
开　　本　**787 毫米×1092 毫米　1/32**
印　　张　**4.25**
版　　次　**2020 年 6 月北京第 1 版**
印　　次　**2020 年 6 月第 1 次印刷**

书　　号　**978-7-02-015211-7**
定　　价　**55.00 元**

如有印装质量问题,请与本社图书销售中心调换。电话:010-65233595

恰如不少动物那样，性格看来也面临着绝种的威胁。其实世界上密集着性格，要想看见它们，仅需发明它们。无论是恶毒的还是古怪的，它们最好别从地球表面消失不见。

——埃利亚斯·卡内蒂

目　录

宣告君王女

宣告君王女的身上有一股贵胄之气，她清楚自己应当如何完成使命，也以热情款待宾客而闻名。但是款待本身还不够，所有人都预感到一件特殊的事情即将发生。她并不立即道破个中玄机，使得人们愈发焦急。这件事至少得跟一位君王有关，琐碎的小事她无意宣告。她身材高大魁梧，无论看什么都不顺眼。她能通过每个最细微的动作辨认出臣仆，早在君王的身份得到宣告之前，她就不让臣仆接近他。她也懂得挑选侍从，擅长巧妙地扶植他们，将他们派往各处的宫廷效力。人们能感觉到她积蓄着激情，留待重大场合使用。她心肠冷硬、鄙视乞丐，除非他们能在适当的时候结队而来。在君王宣告典礼举行之际，她会招来一大群乞丐。后来，她住宅的所有大门豁然洞开，房屋膨胀为宫室，天使吟唱，主教赐福，她身着崭新的礼服朗读上帝发来的电报，兴高采烈地宣告君王登基。

她和被人遗忘的君王共处的场面令人动容，她始终牵挂着他们，就连其中最落魄的那些人也被她记住。她给他们写信，给他们寄去恰当的小礼物，给他们找工作。当他们的荣耀早已烟消云散，只有她一人还将其铭刻于心。在重大场合供她驱驰的乞丐中间，有时就会出现若干前任君王。

舔舐名人者

舔舐名人者善于辨别，能够在千里之外闻到气味，不辞辛劳地来到自己想要舔舐的名人身边。眼下，汽车和飞机令他出行便利，但值得一提的是，必要时他也情愿大费周折。只有在阅读报刊的时候，他才会产生舔舐名人的欲望，报刊上没有的名字不合他的胃口。一旦某位名人在报刊上反复出现，甚至登上了新闻标题，他便思之欲狂，立刻向那人奔去。如果有钱出行，那当然最好不过；若是囊中羞涩，他便向人举债，并以自己伟大志向带来的荣誉抵偿借款。谈及自己的志向，他总能令人印象深刻。“我非得去舔舐某某不可。”他说道，似乎此举与过去别人发现北极一样伟大。

他善于出人意料地现身，或引经据典，或信口开河，总能把自己说成是饱受煎熬之人。他对名人大献殷勤，说自己会因为对他们的渴慕而丧命，说整个世界都是荒漠，唯有他们才是唯一的清泉。于是那些名人在大肆抱怨自己时间有限之后便向舔舐名人者敞开了大门。甚至可以说，名人等得都有些不耐烦了。名人为他准备好了自己身上最上乘的部分，把它洗刷得干干净净——不过也仅限于这个部分——还把它擦拭得闪闪发亮。此时，舔舐名人者出现了，一副神魂颠倒的模样。他的欲望不断增长，对此他也不加以掩饰。他恬不知耻地凑近，将名人一把抱住。等他长久而投入地舔舐完毕，他就给名人照相。他沉默不语，或结结巴巴地挤出些奉承话。但谁也不会把他的话当真，大家都清楚，他的心里只惦记着舔舐。“就是这条舌头！”他事后宣布，同时伸出舌头，令围观者敬畏——这种待遇就连名人都未曾享受过。

倡议递交者

倡议递交者的公文包里放着草案、倡议、图样和数据。他对这些了如指掌，因为他正是从公文包中诞生的，甫一出生便发育完全。他无父无母，不曾于母腹中成长，阅读与算数是他与生俱来的技能。他不算神童，因为他没有童年。他不会衰老，因为他未经青春。他的缜密作风与年龄无关。守时是他的本能。他从不迟到早退，但是假如别人向他询问时间，他就会因为这些人的愚蠢而头疼不已。

他不介意无偿地递交倡议。为某项善举募集签名时，他总能证明自己已经有了一批支持者。没人知道他是怎么获得支持的，他沉默不语，自有手段。他耐性十足，可以长年累月地递交同一份倡议。他的公文包里装满材料，内容多变。没人知道他又带来了同一份倡议，因为他已经来了很久。他牢记一切，因为他将所有物品随身携带，作为倡议递交者，舍弃任何东西都有违他的本性。他坚持不懈地说服别人；假如别人没能准确理解他的意图，他就不允许别人签字认可。尽管他需要签名，但他更需要别人全心全意的支持。那些被他收进了公文包里的人就应该一直待在里头，倡议递交者鄙视那些从他的包里逃走的人，只有少数人能做到这点。他把他们当作反面教材并继续递交倡议。

他不能从递交倡议中获得个人利益，他的一切工作都是无偿的。他宣称自己无欲无求，甚至不允许别人请他喝一杯咖啡。有时，另一位倡议递交者会来接他，他俩活像双胞胎，只是姓名不同而已。假如两人同时出门，旁人根本看不出哪个是先来的。也许他们最终还是要弥补出生时即为成人的遗憾，于是工作了一段时间后，他们就会退化成卵细胞。

自赠女

她依靠收回自己的礼物生活。她从不遗忘任何礼物。她熟悉其中的每一件，知道每一件所在的位置。为了它们，她四处奔走，编造各类借口。她喜欢走进陌生的房屋，希望也能在那里找到自己送出的礼物。为了能被她带回去，凋谢的花朵也会再度绽放。

她过去怎么会送出这么多礼物？她为什么不早点儿把它们拿回来？她记性不好，却从不忘记礼物。只有被人吃掉的礼物才让她无可奈何；她出现时，礼物已经被吃得干干净净，这令她肝肠寸断。自赠女心事重重地坐下，投入地回忆这礼物过去的模样。她蹑手蹑脚地四处查看——因为她是个有教养的人——看看这礼物会不会被人藏起来一点儿。她特别喜欢走进厨房，一见垃圾，她顿时心如刀绞：那不就是她送来的橙子的皮！早知如此，真该晚点儿送来或者早点儿来拿。

“我的茶壶！”她边说边拿，“我的围巾！我的花！我的衬衣！”假如受赠者把衬衣穿在身上，她便请求此人让她试穿一下。穿上衬衣，她先对着镜子反复欣赏，然后便一走了之。

那么，她不希望别人自己把礼物送回来吗？不，她更喜欢亲自去拿。那么，她还会顺手牵羊，拿走其他东西吗？不，她只为自己的礼物而来。它们令她牵肠挂肚，它们吸引着她，它们属于她。那么，她当初又何必把它们送出去呢？正是为了取回来，她才把它们送出去。

告密者

告密者乐于传播一切可能对他人不利的消息。他步履匆匆，赶在了其他告密者前头。他们之间的竞争有时极为激烈。尽管告密者们并不都从同一起跑线出发，但他总觉得其他人已经追了上来，于是迈开大步将他们甩在后面。他飞快地说出一个消息，它是一个秘密。不能让别人知道他已经打听到了此事。只有在透露独家消息的时候，他才能指望获得感激。“我可只跟您说呀。这事只跟您有关。”某人可能失业的消息传到了告密者耳朵里。由于他一路狂奔，匆匆忙忙，此事的可能性也就不断变大。等他抵达的时候，失业已经成了板上钉钉的事实了。“您要被解雇了。”当事人面如土色。“什么时候？”他问道，“为什么？别人什么也没跟我说呀。”“他们瞒着您。要到最后一刻才告诉您。可我必须给您提个醒。您可不能出卖我。”接着，他口若悬河，说自己假如被人出卖便会下场极其悲惨云云，说得那可怜人还来不及考虑自己的危险处境便对告密者——他的挚友——深感同情。

旁人在盛怒之下说出的每一句骂人话都会被告密者牢记在心，他会想方设法将这话传到被攻击者的耳朵里。他并不热衷于传播赞美之词，但是为了证明自己心地善良，他偶尔也勉强为之。此时他便不再心急，而是不断地拖延犹豫。对他来说，嘴里的赞美之词活像恶心的毒药，在把它吐出去之前，他觉得自己快要窒息而死了。最终他还是把这话说了出来，可他说得不情不愿，好像他正为别人的无耻而感到羞愧。

在其他时候，他根本不知道羞愧或恶心为何物。“您可得保护自己！您应该采取行动！可不能任人宰割啊！”他喜欢给当事人出主意，因为这能让他多逞些口舌之快。这些建议总会让当事人更加恐惧无措。他做这一切都只是为了赢得别人的信任，没有信任他便活不下去。

温泪人

温泪人每天都去电影院。他倒不是只看新片，老电影他也喜欢。关键是，它们得完成任务，让他泪流满面。他在黑暗中静坐，不为旁人所见，期待自己的愿望得到满足。这个世界冰冷而严酷，假如不能感受到面颊上淌过的热流，他便再无生趣。一旦泪水夺眶而出，他便心情舒畅。他保持静止、一动不动，不用手帕擦去泪珠。每一滴眼泪都应当释放出自己全部的热度，不论它流到嘴边，淌到下巴，还是进一步滑过脖子流到胸口，他都以感激的谦卑态度欣然接受，每每在大哭一场之后才起身离开。

温泪人并不总是这般称心如意，他也曾仅靠自己的不幸度日。假如灾祸久待不至，他便觉得心冷如冰。他在生活中不安地搜索，寻找损失、苦难、难以弥合的伤痛。但是在他需要伤心难过的时候，不会总有人凑巧丧命；多数人都无病无灾，让他不能如愿。有时，他估计某一感人事件即将发生，已经开始愉悦地放松身心。结果呢——他觉得此事已经板上钉钉了——结果它根本没有发生，他浪费了大量时间，却不得不寻找新的机缘，从头开始等待。

反复失望之后，温泪水才意识到没人可以仅仅依靠自身的不幸经历得到满足。他尝试过各种办法，甚至拿喜悦做过试验。但是每一个有经验的人都知道，喜悦的泪水效果不佳，即使有时能溢满眼眶，它也不会满面横流，要论延续时间，它就更加不值得一提了。气恼以及愤怒也被证明作用不大。只有一项诱因每次都能让人泪如雨下，那就是损失。其中又以无可挽回的损失效果最好，尤其是当受害者全然无辜时。

温泪人也曾青涩懵懂，但他现在已经很有经验。他从别人身上获取自己欠缺的东西。假如这些人与他毫无瓜葛——不论他们是陌生人、外国人、美人、无辜者还是什么伟大人物——他们就都能达到极好的催泪效果。而他本人并不会因此承担任何损失，可以心平气和地走出电影院回家去。家里一切照旧，他什么也不用操心，不必为即将到来的一天担忧。

目不视物者

目不视物者并非天生看不见东西，而是通过一番努力才变成了这样。他有一台走到哪里都不离身的照相机，他喜欢闭上眼睛。他好像在梦游，在亲眼看到某样东西之前，他就已经拍下了照片。因为当他把规格统一、四四方方、顺序清晰、裁切整齐、命名编号、真实可信、公开展示的照片一字排开的时候，他就一定能更清楚地观赏照片上的东西。

目不视物者不会在拍照之前白费力气地亲眼观看。他将本该亲眼观看的东西拍成照片，高高兴兴地搜集并堆叠起来，就好像它们是邮票一样。为了拍照，他环游世界。路途遥远、闪耀刺眼、奇谲古怪都不算什么——他全都会拍下来。他说，那个地方我去过，然后就朝照片一指；假如无法出示照片，他就不知道自己去过哪些地方。这个世界纷繁复杂、无奇不有、多姿多彩，没人能把这一切全部记在脑子里。

照片上没有的东西目不视物者一概不信。有些人喋喋不休地耍嘴皮子，而他的座右铭是：拿出照片来！这样他才能知道某人确实见过些什么，这样他才能把照片拿在手里，这样他才能对着照片指指点点，这样他才能放心大胆地睁眼观看，而不必毫无意义地过早挥霍视力。做任何事情都得选择恰当的时机。行事需有节制。还是在观看照片时才睁开眼睛吧。

目不视物者喜欢把他的照片放大后投影到墙上供友人观赏。这样一次活动能持续两三个小时。大家沉默不语、恍然大悟、解释说明、提供建议、出谋划策、谈笑风生。投影时上下颠倒的照片令来客哄笑不已；一旦发现重复出现的照片，场面就很热闹！只要能让他长时间地展示这些放大了的照片，他就心花怒放、喜不自胜。

在旅途中，他始终坚定不移地拒绝观看事物，现在他终于可以犒赏自己了。眼睛啊，睁开吧，睁开吧，现在你们可以观看了，现在时机正好，现在可以证明你们去过那个地方啦！

让目不视物者深感遗憾的是，其他人也能证明这一点。但是他的证明更为有力。

乐善好施者

乐善好施者给出的东西总比收进的多。他的学识和财富胜过世上的任何人。他向上门行窃的小偷奉上大量财物，弄得此人不堪重负。他还帮助小偷把财物拖下楼梯，给他指路，提醒他注意安全。

乐善好施者与专家们进行极具深度的对话。他向每个专家提供建议，他无所不知，比任何专家都更为博学。没人知道他的阅读时间从何而来。眼下，还有谁能博览群书？唯有此公，要么这些知识就是在他睡觉时自动跑进他脑子里的，他过目不忘。他不说“我知道”，因为这不足以概括他的学识。他能够立刻针对自己深入钻研的内容侃侃而谈，用语平实，深入浅出。他不骄不躁，谦虚谨慎。但是他给出的东西总比收进的多，活像一台结构诡异的自动售货机。

乐善好施者交游广阔，从不把人分成三六九等。他并不装腔作势，对所有人十分友好。他也不愿被人视为慈善家。他举止平易，既不引人注目，也不刻意隐蔽。他走路、站立、落座、转身的姿态都与旁人别无二致。有些人觉得他像鸵鸟，一只个子不大的鸵鸟。收进物品时，他面带微笑，但给出物品时，他极端严肃。他两耳尖尖，略微招风。他将自己的舌头管得服服帖帖，总是用腹语说话。

假如乐善好施者开始没完没了地说话，别人就知道他已经睡熟了。此时他充耳不闻，此时他不断地输出信息，此时他无须收进任何东西，此时他是幸福的。

嗅觉敏感女

嗅觉敏感女害怕气味，对它们避之唯恐不及。她开门的时候小心翼翼，进门之前总是犹豫不决。她畏畏缩缩地站立一会儿，只用一个鼻孔嗅闻气味。她将一根手指探进那陌生的房间，再将它伸到鼻子底下。接着，她用这根手指堵住一个鼻孔，再用另一个鼻孔嗅闻一番。假如她没有立刻昏厥过去，就会再等待一会儿。接着，她侧过身体，一条腿跨进门槛，另一条腿留在门外。情况还不错，她险些贸然进门，但她及时想到了最后一项检查措施。她踮起脚尖，重新嗅闻了一遍。假如这会儿房间里的气味还是老样子，她就不再担心情况会有变化，大着胆子将另一条腿跨进门槛。她站到了房间里。房门大开，让她可以随时逃离。

嗅觉敏感女独来独往，不论置身何处，她都以谨慎作为保护层。旁人落座时留意自己的衣摆，她着力保护的却是自己的隔离层。可能会戳破这层薄膜的激烈言辞使她害怕。她柔声细气地对别人说话，也希望别人轻声细语地答复自己。她从来不和任何人正面接触，只会隔着一大段距离模仿别人的动作，就好像她一直远远地跟着他们跳舞。她始终与别人保持距离，善于躲避一切亲近与接触。

冬天的时候，嗅觉敏感女最乐意待在室外。春季则令她忧心忡忡。那时百花盛开，香气四溢，让她痛苦万分。为了谨慎地避开某些灌木，她宁可绕道。每当远远望见一个迟钝的人把鼻子伸进丁香花丛，她便觉得恶心。不幸的是，她很有魅力，总有人捧着玫瑰花追求她。她只能通过立即晕倒来避免窘境，这让别人觉得她装腔作势。在她期待着别人递来一杯纯净水的时候，她的追求者们却只会把臭烘烘的脑袋凑在一块儿，商量哪种花卉的香味可能会让她苏醒。

大家觉得嗅觉敏感女性情高傲，因为她拒人于千里之外。她不知如何阻止别人向自己求婚。她曾经以悬梁自尽相威胁，最终却没有付诸行动，因为她实在无法想象自己还得嗅闻那个割断绳子营救自己的人身上的气味。

守财女

守财女喜欢把自己的全部家当聚拢在身边。她不爱分散收纳财物，而是将它们放在一处。她希望它们全部处于自己的视线范围内。她的家当未必都是值钱的大件，但是只要放在身边，小玩意儿也能派得上用场。她对待钱币耐心而温柔，其中只有一成被她用于开销，剩余部分则被积攒照料。她给钱币喂食，唯恐它们饿死；给钱币张罗好饭菜之后，她才开始吃饭。

守财女在吃饭前给钱币系上餐巾的样子实在令人感动。她不希望把它们弄脏，爱看它们干净整洁的样子。尽管她也收到过用旧了的钞票，但在她的呵护下，它们脱胎换骨、焕然一新。她有时将钞票一张张平摊在桌上，组成一个人丁兴旺、井然有序的大家庭，还一一为它们取名。之后，她清点它们的数量，确定一张不少，等它们乖乖进餐完毕，她就送它们上床睡觉。

守财女在箱子和床榻之间小心翼翼地走动，时而把箱子里的东西放在床上，时而把床上的东西放进箱子里。她愿意擦桌抹椅，但是并不过分热衷于打扫卫生。最好过一段时间再清理，时间令物品增值，大家要耐心等待。守财女想象着自己八十岁时所有的家当能值多少钱。她研究物品的价格，还向自己的儿子请教，他每个月都来看她一次。为了充分利用儿子上门探望的时间，她做足准备、冥思苦想。她的问题多不胜数，有时儿子才刚离开，她就又想到了一个，所以她需要提前理清思路。

守财女不跟邻居来往。这些人只会踩坏她家的门槛、四处窥探。他们一走进她的房间，某件物品就会消失不见，事后她还得花上半天才能重新把它找出来。她不想说人人都是贼，这不是事实。但是财物害怕陌生人，一见到他们就会躲藏起来。假如它们没把自己藏得那么好——谁知道呢，兴许它们就真的被人偷走了。

守财女收到信件后会等上几天再把它拆开。她把一封信搁在面前的桌子上，期待着里面的消息不断增多。她也担心过信里的内容会减少，但是这种情形目前还没有发生过。随着时间的推移，一切都会增值，因此她耐心等待，期盼着信里的消息越变越多。

巴结死人者

巴结死人者间或出没于酒馆之间。大家认识他好些年了，但是他不常出现。假如几个月见不着他，大家便会有些担忧。他总是背着一个航空公司的包，法国航空公司或者英国欧洲航空公司。他似乎经常旅行，因为他总是长时间不见踪影。他每次都以同一种方式重新露面。他走过来，严肃地站在门口。他在酒馆中寻觅熟人。见到一个，他便庄重地过去致意。他静静地站立，沉默片刻，然后以悲叹的、近于咏唱的声调说："您听说了吗，某某去世了。"熟人大吃一惊，因为他尚不知情。听到这个消息，熟人才注意到巴结死人者身着黑衣。"葬礼就定在明天。"他邀请熟人前往，告知葬礼的地点及具体信息。"您务必要来呀，"他补充说，"一定不会让您后悔的。”

之后，他坐下点些饮料，跟熟人喝上一杯，稍微谈谈自己的情况。他从来不提自己到过哪里，有什么打算，他站起身来，庄重地走向门口，再次转身说：“明天十一点见。”然后就不见踪影。

就这样，他一家接着一家地拜访酒馆，寻找自己与死者共同的熟人，不找到足够的人就不罢休。他向他们传播自己的葬礼狂热症。他十分郑重地提出邀请，让某些原本不想参加葬礼的人都应邀出席：因为他们害怕他下一条讣告中的主角会是自己。

名誉检验员

自打离开娘胎以来，名誉检验员就知道没人能比自己强。也许他出生前便明白了这点，只是无法用语言表述而已。他现在能说会道，努力证明这世道十分不堪。他每天都在报纸上寻找陌生的名字。“这人怎么会在这儿？”他愤怒地咆哮，“昨天还没有呢！一眨眼的工夫就能偷偷见报，这还像话吗！”他用拇指和食指揪住这个名字，放在齿间一咬。让人说什么好，那个新来的家伙苦苦求饶。呸，软骨头！还真以为自己有多了不起呢！

他一刻也闲不下来，他追根究底、正气凛然，揭露真相是他唯一的追求。他会让那个卑鄙的新贵知道，鬼蜮伎俩糊弄不了他。从发现此人的那一刻开始，名誉检验员便追踪着这个败类的一举一动。他这一次说错了什么，下一次拼错了哪个单词？他究竟是在哪儿上的中小学？他是真上过大学还是信口开河？他为什么从没结过婚？他闲暇时间都在干些什么？他过去为什么默默无闻？每个人都有自己的历史，他以前去过哪里？假如他上了年纪，那么他过去肯定长期从事过什么工作；假如他岁数还小，那么肯定有人帮他清洗尿布。名誉检验员在一切现有的辞书中翻找，满意地发现自己的研究对象从未被收入其中。

可以说，名誉检验员和骗子共同生活。他不停地与骗子对话，成天惦记着他。他觉得骗子骚扰他、跟踪他，但他斩钉截铁地拒绝给骗子签发品行证明书。当他回到家中，想要好好休息一下时，他就把骗子赶到房间一角，让他闭嘴，还拿鞭子威胁他。但那个狡猾的新面孔耐性十足，善于等待，身上能释放出一种特殊的气味，一旦名誉检验员睡熟了，这种气味就会钻进他的鼻子深处。

逐美之夫

被一些人简称为“美夫”的逐美之夫追寻着古往今来世上一切美好的事物，他在宫殿、博物馆、庙宇、教堂和洞穴中找到了它们的踪迹。他并不在乎某件众所周知的佳作出现了污损，对他来说，它的价值亘古不变。尽管每天都有新的佳作问世，但它们全都独一无二，无法相互取代，每一件都等待着他前去致敬、瞻仰。大家真该看看他站在《西斯廷圣母像》或戈雅的《裸体的马哈》前的模样。他变换角度，调整距离，时而久久伫立，时而四处移动，有时还会为自己不能欣赏作品的背面而遗憾。

逐美之夫（或曰美夫）绝对不说对他的艺术朝圣行

动不利的话。他宽容大度，沉默不语，不比较，不唠叨，不考虑时代、风格和习俗。他不想知道佳作的创造者曾经如何生活。他根本不愿意了解这些人有过哪些思想，人的一生不是顺风顺水就是充满险阻，他并不关心这些人是否经历过困苦。但他们的生活也不可能过分难熬，不然佳作也就不会被创造出来。假如个人生活之类的琐事真值得探究，那他觉得这些人已经算是十分幸运、令人羡慕了，因为他们身上曾经蕴藏着美。

美夫家境优越，有足够的财力去追寻和热爱美好的事物。为了避免偏爱，他从不购买作品，何况艺术品收购本就十分困难，其中的绝大多数已然有主。他并不看重钱财，他精打细算地用它们支付无止境的旅费。出门时他能隐去自己的形迹，别人从来看不到他赶路的样子，就好像他戴着隐身帽一样。他只在美好的事物之前现身，那些在意大利的阿雷佐古城或者米兰的巴雷拉宫见过他的人，肯定也会在印度尼西亚的婆罗浮屠和日本的奈良跟他重逢。

美夫面貌丑陋，令人退避三舍。描述他不堪入目的相貌很不妥当。据说他根本没有鼻子。他长着三角眼、招风耳、大脖子和又黑又烂的牙齿，嘴里喷出恶臭，嗓音时而尖细、时而嘶哑，双手潮湿。这又如何呢？反正他并不向别人展示这些，而是坚定不移地伫立在所有艺术佳作之前。

男性偶像

男性偶像身材凹凸有致，乐于保持站姿。她站在那里，缓慢地抬起一条胳膊，接着就保持精心练就的举臂姿势。这幅美景令人心醉神迷、闭目遐想，此时她便以较快的速度垂下这条胳膊。然后，她目视远方，仿佛那里空无一人，一百八十度转身，更加缓慢地抬起另一条胳膊，若有所思地抚弄自己的头发——跟她的腋窝一样，它也经过了仔细的打理。

她一言不发，因为言辞已经无法为她的魅力锦上添花。她沉默不语，引人深思。私下里，她的芳名是光腋窝女士，这个称谓再贴切不过。不论身在何处，置身人群还是回到家中，她总是不知疲倦地站立着。何等完美的体态！时而高举左臂，时而高举右臂，值得一提的是，她在家中的举止也是如此，哪怕她只是独自一人面对镜子。

据她本人说，她这么做都是为了自己。这是她留下的唯一一句话。将她称为“男性偶像”实在过分。白天里她平心静气，可以久久站立，通过高举双臂保持心情愉悦。到了夜里她却不得安宁，因为她无法一直在自己梦里出现，却又不希望自己受到冷落。所以她睡不安稳，只能开着灯睡觉。她时不时醒来，轻轻下床——此时她注视自己，此时她举起一条胳膊，此时她腋窝光洁闪亮，此时她注视远方。接着她躺下来，心情逐渐平复，重新睡去。假如这些行为还不足以令她入睡，她便举起另一条胳膊。

谁会为众多男士拜倒在她的腋窝之下而感到惊讶呢？但她从不把任何一个男人放在眼里。她正气凛然、不可侵犯。男人们曲解了她的魅力，这跟她有什么关系。他们应该对自己的行为负责。难道因为她容貌出众，男性偶像就应该承担惑众之罪？她必须注重自己的外貌，爱情对它并无益处。世界上哪有谁完美无缺，唯有距离才让人产生这样的错觉——因为这个缘故，仅仅是因为这个缘故，男性偶像才将目光投向远处。

光腋窝女士独自居住，既不养狗也不养猫，因为它们不清楚她是何等人物。她无法想象自己俯身照料一个孩子。就算她把孩子高高举起，他也不懂得好好欣赏她，再说了，他怎么能理解她身上的光洁美丽之处？她注定孤身一人，她坚强地接受了自己的宿命，从来没人听她抱怨过一句。

灾祸观察员

灾祸观察员面部歪斜，说话带着鼻音。他蔑视人类，还搜集支持自己观点的证据。他只对遇到祸事的人感兴趣。常见的疾病不足以吸引他，事故还勉强凑合。一旦发生了重大伤害事故，他就精神焕发，要把消息事无巨细地打听清楚。对他来说，后果越严重越好。他仔细聆听，连脑袋都不动一下；他不停地提问，还喜欢让人带他去事故现场参观。他会在那里推演事发经过：不论此事有多不可避免，受害者本人总是难辞其咎。灾祸观察员需要不幸，对他而言，不幸是天赐的佳肴。只要能经常听说他人遭遇不幸，他便身心舒泰。若是长时间得不到这类消息，他就饥渴难耐、面容枯槁。

不论别人对他说起什么，他总能预感到此事将以悲剧收场，但是为了保护自己，他从不提醒别人。他坚信每个人都得先顾好自己，多管闲事、乱出主意的下场就是引祸上身。他觉得生存之道只有一条，那就是听天由命。

灾祸观察员尊重各类变故。是福不是祸，是祸躲不过。只有弱者才逃避现实，男子汉直面他人的不幸。他的平安无事证明他具有洞见。人们无法想象世界上潜伏着多少不幸。他的一只眼睛紧盯一个方向搜寻着不幸的踪迹，另一只眼睛则负责另一个方向。预感到不幸又将降临的时候，他含糊其词、保守秘密。

灾祸观察员认为自己对灾祸免疫，因为他的双眼巡视不休。旁人的不幸帮助他避开可能降临在自己身上的祸事。一桩不幸刚刚发生，另一桩就接踵而至，这样一来，不幸就没时间落到他的头上了。他喜欢说："这是没办法的事！"但他也喜欢说："我是例外。"他不会用报纸搪塞自己，只有当大祸久不发生，而他愈发干渴难耐时，他才会勉勉强强地拿起有一篇可口多汁的灾难报道的报纸细细品味一遍，可惜不是别人亲口告诉他的。

罪孽深重女

罪孽深重女承认太阳底下的每一桩罪行都是自己犯下的。不管是听人谈起，还是在报纸上读到消息，她都会马上意识到自己干了些什么并垂下头来。她苦苦思索：怎么会这样，她怎么能遗忘如此可怕的罪行。她做梦也没想到过这件事，她对此一无所知，就在早晨起床的时候，萦绕在她心头的还是早先犯下的另一桩罪行。但是一旦这桩新的罪行被人提起，一旦她读到了相关报道，它就确确凿凿地落到了她的头上，使其他罪行不值一提，让她的思绪只能围着它转。

唯一的出路就是立刻到警察局投案自首、详细坦白。但为了这事，她已经碰过钉子。她十分了解那些警察，他们根本没有识人之明。她一开口，他们就觉得她无罪。他们根本不好好聆听，没等她说完就和气地说："原来是这样啊？"然后就打发她回家。法律似乎并不适用于她。她尝试过递交书面的供述，赶在许多案件侦破之前立刻指出自己就是凶手。她以丰富的犯罪细节支撑自己的说法：一旦得知某件案子是自己干的，她的记忆力就会变得非常惊人。但是总有人成功地横插一脚，抢走她的罪责。她根本不想阅读那些将别人而不是自己判处教管或者监禁的可怕判决。她为司法的现状感到耻辱：尽管她一直诚心悔罪，各类机关却对她不闻不问。为了侦查，人们耗费了多少财力！金钱大量浪费，审理旷日持久。那些最终认罪的傻子究竟在想些什么？这些人的头脑肯定混乱不堪，否则他们怎么会认下自己根本不可能犯过的罪行？

当她对世上的这类怪事深感费解、茫然无措时，她偶尔会自问同样一桩罪行会不会先后发生过两回。其他人会不会都是傻子，唯有她一人能认清事实？她对天发誓，自己并不因此而沾沾自喜。一个犯下了无数罪行的人哪里还敢自鸣得意呢？不过奇怪的是，绝大多数人对自己并不了解。

罪孽深重女并未精神崩溃。她爱惜身体，养精蓄锐，为了自己得到公正裁决的那天而活着。罪行发生并被人遗忘，但是，当人们终于认清了她真面目的时候，她将昂首而立，满怀感激地接受人们早就应当给她的惩罚。

信口开河者

发言之前，信口开河者特意选出了一批无法理解他说话内容的听众。跟别人搭讪的时候，他能够分辨出茫然的眼神和困惑的眨眼动作。假如某人显得极为困惑，他就开始发言。只有在这种时候，他才能够思如泉涌，脑子里充满了平时根本就想不到的论据。他觉得自己可以颠倒乾坤，于是他兴奋至极，滔滔不绝地说着谁也听不懂的话。

糟了！一旦听众的脸上闪过了一丝恍然大悟或者理解的表情，信口开河者就底气全失、语无伦次、含糊其词、张口结舌。他尴尬无比地试着再次开口。但是，等他意识到自己是在白费力气，意识到听众已经理解了他的意思，也能继续把握他发言的内容，他就放弃努力，一言不发，猝然转身离去。

可他很少遭遇这类失败。在绝大多数时候，信口开河者能顺利地不让听众理解任何内容。他很有经验，懂得挑选听众，不会逢人就开口。他知道某些人很有见识，这类人自以为能猜中他打算说些什么，可开口之前，这连他自己都不知道！他要说的内容从来不曾见诸文字，就连其他星球上都没有记载，又怎么可能被其他人猜到？信口开河者知道灵感是盲目的。只有虚无空洞才能引发灵感。而那些讨低等人喜欢的混乱思想是培养灵感的温床。他体内蕴含的世界是一团混沌。这团混沌在他出生时就已经附在了他的身上。它每隔一百年才选择 具肉身，它选中的是他。

别人也许会觉得他最大的理想就是独自面对这团混沌。别人想象着他自言自语时的模样。但是这种想法大错特错。只有其他人的茫然不解才能激起信口开河者说话的欲望。在这座人口稠密的城市中，他东奔西走，绕来绕去，在某人面前站定，抛出一句毫无意义的话作为诱饵，然后观察此人的反应。只有当他发现此人困惑无措，正合自己的心意时，他才会打开话匣子，进入混沌的境界。

桌布癫狂女

桌布癫狂女洁白无瑕，只呼吸经亚麻过滤的气体。她触觉敏锐、目光犀利。自从记事以来，她还从来不曾伤风，可嗓音却有些沙哑。她说自己从未做过梦，别人也相信她的说法。

有些人为了获得内心的平静而来拜访她。她的力量令人无法抗拒。她惜字如金，但她说出的话与宗教教义一样振聋发聩。这并不意味着她向神祇祈祷，她就是自己的宗教。当她向洁白的桌布顶礼膜拜时，别人就会为自己长期在污秽中生活而羞愧万分。谁都得承认，跟她相比，一切都是肮脏的。每当桌布癫狂女睁大犀利的双眼，以纯洁的目光注视着一个人，此人便觉得自己被由内而外地照亮，觉得她所有的桌布都被放进了自己的心中。它们叠放整齐，从未展开，形成洁白的堆垛，亘古不变。

但她永远不会自满，因为她能够在自己洁白的桌布上找到瑕疵。人们真该看看她发现细小污点后顿时目瞪口呆的样子。此时，她就像毒蛇一样危险。此时，她张大嘴巴、露出毒牙。发动进攻前，她嘶嘶作响；那污点就要倒霉了。过去曾有污点被她吓得不见踪影，而她则不依不饶地翻找了好几个小时。但有时污点未必愿意自动消失，而这会导致一场大风暴。她会揪出那条雪白的桌布——这还没完——跟它放在一起的另外二十条桌布也会被抽出来，马上被她就地重新清洗。

这种时候，你最好别去打扰她，因为她的愤怒无边无际。她会顺带着清洗身边的一切事物：不管是桌椅床铺，还是人或动物。这情形活像末日审判。她犀利的双目不会对任何对象法外施恩。过去曾有动物与活人因她的清洗而丧命。清洗过后，世界将恢复万物创始前的面目。光明与黑暗有待分开。上帝也得考虑自己下一步要干些什么。

囤水者

囤水者担心自己必将死于干渴，为此，他囤积水源。他的酒窖十分气派，内里却另有乾坤：所有的瓶子里灌的都是水，由他亲自封装并按年份排列。

一想到水资源被人浪费，囤水者便痛心疾首。过去，月球上的灾祸就是这样开始的。“水，水有什么可节约的？够我们用几辈子啦！”月球人总是不关紧水龙头，任它滴答作响，还要每天洗澡。他们过去就是这样轻率。结果呢？听到最早的关于月球的报道时，囤水者深受震动，他早就知道，这都是水的缘故，月球人正是因为浪费水资源而灭绝的。他到处宣扬这一理论，而别人耻笑他，说他是傻子。但是现在人类已经登上了月球，可以看到那里的黑白甚至彩色影像。没有一滴水，不见一个人！建立两者之间的联系简直轻而易举。

囤水者准时地储备水源。他会去邻居家讨要。邻居乐于奉上，他便再次登门。这样一来，他便不再使用自家的水龙头，它跟他一样先知先觉，已经停止供水，免得事态无可挽回。他妥善保存别人给他的水，不会在回家的路上遗失一滴。他早就在厨房里备好了瓶罐、标记着灌装年份的瓶贴和封装用的蜡。实际上，那里已经不再是厨房，而更应该被称为水源灌装室。他已经有了不少存货，可以供他和家人在灾难降临时支撑一阵。但他对此三缄其口，因为他担心遭窃，觉得最好还是对自己储备充足的地窖绝口不提。

雨天里，囤水者潸然泪下。“今天是最后一回了，”他喃喃自语道，“以后我们会一直记着这一天。”尽管此后仍有雨天，但是，作为雨点清点者，他知道降雨量每次都在减少，很快就会滴水全无。届时，孩子们会问：下雨是什么样的？在肆虐的干旱中，大人将难以答对。

妄言先生

妄言先生穿着溜冰鞋说话，将步行者甩在身后。从他口中滚落的词句如同空心的榛果。它们因空洞而轻巧，数量却极其可观。在千余个榛果里只会出现一个实心的，但这纯属意外。妄言先生说话时从不深思熟虑，他先说后想。不求表达心声，只逞口舌之快。只要能让他开口，他就根本不在乎说话的内容。他眨一下眼睛，表示自己还没说完，接着又一眨再眨，眨个没完，直到其他人放弃希望，乖乖聆听。

妄言先生不愿坐下，这影响他的速度。他更喜欢在明亮光滑的溜冰场上驰骋，同类们忙不迭地对他表示钦佩。他避开黑暗，他吞噬报纸。他朗读报纸，仿佛上面刊登的正是他的原话。他读得飞快，使铅字变成了自己的语言，从他口中滚落，报道着过去和未来的消息。他对待时间举重若轻。旁人奋力追赶着时间，他却能不费吹灰之力地将时间甩在身后，领先一筹。他不在乎读了哪份报纸，他从每种当中抽出一份，不管新旧，只要不重复就好，所有的标题都大同小异。

妄言先生从来就是这个样，因为他什么也记不住。人物和服装他转眼就忘，因为他还没好好看一眼就盯上下一个目标了。至于人物么，他们总是翻来覆去叫一样的名字。假如非要提到名字不可，他就以“某甲”替代，一说完就眨眨眼，让人觉得他在开玩笑，也就不会追问下去了。

妄言先生在亲戚面前练习说话。他觉得亲戚与生人并无区别，但他讨厌彼此熟识的感觉，要是能换一批新的亲戚就好了，换完再换，不断更新。因为亲戚仗着跟他熟悉就自以为是，容易滥用机会开口说话。

语言纯洁女

语言纯洁女从口袋里拿出一座金质的天平并把它放在身边。接着，她从嘴里取出一句话，将它迅速放在天平上。她知道它以前的分量，但她生性严苛，只有称重完毕，她才会使用这句话。她竭力使所有音节发音清晰，留心不让任何一个音节被含混地省略。只有当她将每个音节都恰当地发出，长短适中、准确无误，她才点点头，允许自己读取这句话的总重。语句的重量通常无甚变化，但这次称量意义重大，因为她不会将那些重量变化太大的词句放进口中。

语言纯洁女遣词造句极其完美，让听众惊讶得合不拢嘴。也许他们希望自己能吞下这些词句，遇到合适的时机再拿出来使用。痴心妄想！这些词句并不与所有人的嘴相配，到了某些人嘴里，它们会像弹珠一样反弹出去。令人欣慰的是，它们不会待在自己觉得不妥的地方。语言纯洁女数目稀少、屈指可数。她们清心寡欲、意志坚定，她们必须懂得将词句分开存放，免得它们杂糅混乱；她们不能为了一己之私滥用词句。说什么并不重要，使用纯洁的词句才是关键。最好能闭口不言，根本不用这些纯洁的词句说话。

语言纯洁女有时拿起书来只是为了进行检验。她会将尚有价值的词句从污秽的语境中剥离出来，放入一个金盆之中。她小心翼翼地使用名贵的酸液洗涤词句，当它们身上的污垢被清洗得一干二净后，她便用冷却过的镊子将它们夹出来，放进一处水质优良的泉眼，让它们在月光下静置七个夜晚。这处泉眼必须选在人迹罕至之处，这样一来净化的过程才不会受到野外考察者的干扰。

语言纯洁女的嘴不会令词句变质。据说，为了不污染自己保护的词句，她从来不用嘴进食。她通过饮用芬芳的液体来维持生命，这些液体对词句有益。她与古代的女祭司一样独身守贞，但她并不觉得这种圣洁的生活过起来艰难。她生活的意义是为了向语言奉上它应得的尊敬。只要她还有金质的天平和水盆，她就无所畏惧，不会受到粗鄙恶人的迷惑。

耳证人

耳证人不会处心积虑地观察，相对来说，他更加擅长聆听。他到来、停留，悄悄地躲进一个角落，将目光投向书本或者橱窗，聆听一切响动，接着就平心静气、不动声色地离开。别人可能会觉得他根本没有来过，他隐藏形迹的本领就是如此高明。此时他已经到了别处，此时他已经重新开始倾听。他知道一切值得探听的场所，牢记耳闻所得，不落分毫。

他不会遗忘任何内容，大家真该看看他揭示真相时的样子。那时，他变成了另一个人，体格魁伟一整倍，身高增加十厘米。他是怎么做到这点的？他有揭秘时才穿的专用增高鞋吗？他会在身上揣几个枕头，好让自己的言辞显得更加庄重有力吗？他不做这类事情，他只是道出事实而已。有些人真希望自己过去不曾信口开河。他使所有的现代设备都成了摆设：他的耳朵比任何设备都更为精密准确。什么也不会被删除，什么也不会被忽略，不论其内容多么不堪。谎言、脏话、诅咒、花样百出的污言秽语、用生僻外语吐出的谩骂，就连他听不懂的言辞都能得到准确记录，并在需要时被完整地供述出来。

谁也无法贿赂耳证人。说到这项他一个人独有的优点，他甚至不会对妻子、孩子或者兄弟网开一面。他听到的内容不容更改，即使神祇也不能使之动摇。但他也有富于人情味的一面，就像旁人在假期里放下工作休养生息一样，有时候——尽管这种情形并不多见——他也会用耳罩罩住耳朵，停止记录听到的内容。这事办起来很简单，只要他主动现身、坦然地注视旁人就行。人们此时说出的话语无关紧要，不足以将自己送到屠刀之下。一旦卸下了监听的耳朵，他便是个友善的人，每个人都信任他，每个人都愿意跟他喝上一杯，聊些无足轻重的闲话。没人知道自己正是在跟刽子手本人交谈。大家不受监听的时候极其清白无辜，这简直令人难以置信。

弃物者

他成功地遗弃一切。先从小的物件入手。要扔的东西数不胜数。哪有可以让他放心大胆地弃置财物的地点。

这些口袋是他为了丢弃物品而专门订制的。在街上追着他跑的孩子不停地呼唤“先生”，他友好地微笑，却从不弯腰拣拾。他避免寻回物件。追着他的人还不算多，不值得他把东西捡回来。他想要摆脱自己丢弃的东西，当初这玩意儿究竟是怎么到了他手上的？他手头怎么会有这么多东西？难道他的家当弃之不竭？难道它们无穷无尽？事实确实如此，只是没人明白这点。他好像拥有一幢塞满了杂物的巨大房屋，而他似乎不可能完全摆脱这些物件。

也许在他外出弃物的时候，一辆满载货物的卡车会在他家后门卸货。也许他并不知道自己出门时发生了什么事。但他对这些不感兴趣。假如再没有东西可以丢弃，他肯定会瞠目结舌。但是这种情况一回也没有发生过，他不断地失去财物，心情愉悦。

心情愉悦，因为他十分清醒。别人也许会以为他根本不知道自己丢失了东西，觉得他是在梦游，根本不知道自己去过哪儿、丢过什么，觉得这一切始终都是在他神志不清的时候发生的。大错特错！这完全不符合他的情况。他明白自己正在干什么，连丢失一个小物件也知道得清清楚楚，不然他就享受不到乐趣了。他必须清楚自己蒙受了损失，他必须始终心知肚明。

苦难缠身女

苦难缠身女背负着一个沉重的线团。她与线团从不分离，终生相伴。它非常沉重，令她几乎难以移动，而且它的分量还在不断增加。从记事时起，她便一直背着它，她无法想象自己跟它分道扬镳。她弯腰驼背的样子让一些人心生同情，但她对所有同情者进行了有力的反驳。这些可怜虫意识不到他们的生活何等凄惨，意识不到危机近在眼前。她走过去，抬头斜看他们一眼，预感到不幸即将降临。她立刻明白事情已经无可挽回，该来的总是要来，形势只会越变越糟、每况愈下。她点点头，想到了自己的线团。她把一切缠在了里面，尽管她身背重负，但其他人的生活更不好过。

苦难缠身女爱干善事，常说："当心！"要是别人真能接受她的劝告就好了。她说，不要在树底下穿行，因为有些树枝朽烂欲坠；不要过马路，因为有些汽车横冲直撞；不要沿着房屋行走，因为屋顶上的瓦片会掉落下来；不要跟人握手，也不要走进房间，因为有害细菌遍布四处。一见怀孕的妇人她便心生绝望：不要养孩子，她说，就算不是一落地就夭折，他们迟早也会丧命。世界上有数不清的疾病，种类比孩子的数量还多，它们全都会一股脑儿地冲那小可怜进攻。干吗要让他受这么多苦，倒不如别把他生下来。

苦难缠身女说起这话理直气壮，因为她本人从未生养过孩子。她从来没有结过婚，要是有男人打量她，她就立刻别过头去。她曾经为别人做过裁缝，但是这份工作也不是没有风险。她遇到过一些人，还没等她做好衣服，他们就一命呜呼，于是她没有拿到工钱。但是她并不抱怨。她把这事缠进线团。她信得过线团，因为里面的一切都是真实的，绕在线团里的事件全部确有其事。

苦难缠身女在一条人迹罕至的死胡同里站着睡觉。线团既是她的床铺也是她的枕头。她小心谨慎，不提自己的名字。她从来没有收到过信件。信件里总是藏着一个噩耗。她费解地看着邮差：这群人总是带着不幸四处走动，而笨蛋们居然还愿意收信读信。

纸醉金迷君

若是在过去，纸醉金迷君需要以船只代步，但是现在他出行快捷多了。飞机刚降落在曼谷，他就开始一边查看飞往里约热内卢的航班的起程时间，一边盘算着前往罗马。纸醉金迷君在无数城市组成的风暴中生活。哪里都能让他购物，哪里都能让他增长见识。

纸醉金迷君喜欢在这个时代生活，因为过去是什么样的？古人能去什么地方？他们的旅途何其艰辛危险！现代人出行毫不费力，想去哪个城市就去哪个城市。也许他又会迷上什么，只要不妨碍他纵情声色，一切皆有可能。别人觉得他已经游遍世界，但是他对自己的情况更加清楚。新的机场正在建设，新的航线正在开辟。老年人憧憬的是安稳的海上旅行，他祝愿他们在甲板的躺椅上心情愉快。这不适合他。他雷厉风行。

纸醉金迷君有着自己独特的语言。它由城市的名字、货币单位、异域特产、服装、宾馆、海滩、庙宇和夜店组成。他也知道哪里正在打仗，因为战争可能带来麻烦。但是战场附近总会有特别刺激的去处，假如不是太危险，他就去那里寻欢作乐，待上个三两天，再迅速赶往一个跟战场截然不同的地方。

纸醉金迷君没有偏见。他觉得世界上的人全都一个样，因为他们无一例外地惦记着购物。他们挤进商店，要么买衣服，要么买古董。金钱铺天盖地，就算货币单位不同，人们也能随处兑换。世界上遍布着美甲店和贫民窟。他熟悉人类的一切行为，只要它不过分冗长。他理解一切，对任何事物都有兴趣。只要有可能，纸醉金迷君就不会对任何人怀有敌意。假如大家都能跟他一样，这个世界就会变得很好。所有人都终将变成他的样子，但我们还是维持现状的好。一大群纸醉金迷君会让人开心不起来。他们会很快叹一口气，把这事忘在脑后，接着登上下一班飞机扬长而去。

月亮表姐

月亮表姐在睡梦中得到了启示，知道月亮上有着自己的亲人。她对此早有预感，因为每到一个国家，她都能遇上令她感觉熟悉、亲近的人。这些人不是旧识，既没有见过她，也听不懂她的语言。更确切地说，是他们的外表触动了她：点头的样子、指甲的弧度、心生期待时摆放双脚的姿势。在注意到这些细节之前，双方已经相互吸引。在一个陌生城市嘈杂混乱的中央广场，一个人突然站在你面前，令身旁众人黯然失色。他如此坚定地向你走来，似乎昨天才刚刚与你分别。他胸有成竹地注视着你，你也在茫茫人海中认出了他。尽管有时确实会发生误会，但是两个素不相识的人在同一时间、因为同样的原因认错人的可能性微乎其微。你很快就会明白，此人并无恶意，这个突然出现的人对你没有任何企图，只是十分惊讶而已。一旦你发现此人的感受与自己一模一样，你就会觉得这一切背后必有深意。

月亮表姐不会忽视任何一个突然出现的人，不管此人是男是女。但是她更喜欢女人，因为女人之间不太会出现容易造成失望的误会。两人琢磨了一会儿，通常总能找到能让他们顺利沟通的第三种语言。他们坐在一起交流彼此的身世背景，表面上的距离感很快就消失了。自古以来，人类便时常迁居，由于各种原因背井离乡。如今大家明白地球很小，距离没有什么意义。两人很快就谈到了一个彼此都熟悉的名字，通过耐心细致、有条不紊的谈话，他们发现自己出身于同一家族，甚至似乎早已预感到了彼此的存在，这简直令人难以置信。那些有头脑、愿意观察与回忆的人不会为陌生人白费力气，因为世界上到处都有自己的亲属。

“我把他们都记录了下来，”月亮表姐说，“我就是为了这个缘故才旅行的。我到了哪个国家，就能在那里找到自己的亲属。这个世界不可能像别人说的那么险恶。每个人都应当寻找自己的亲人，不是吗？我们去往陌生的国度不是为了在那里受人冷落，而应当是为了感受家庭的温暖。”

她证明了自己的预感十分准确，因此不论置身何方都能心情愉悦，因为每到一处，她抵达后所做的第一件事都是寻找自己的家人。就算在最小的国家她也能宾至如归。哪怕这个国家的人口只有区区十个，其中一人也必定跟她沾亲带故。

当人们还在为第一次登月行动做准备的时候，她就想方设法托人带信给自己的表妹。她说服了一名宇航员，让他相信这次联系非常重要。宇航员答应她一到月球便投递她的信。人们还不知道这封信有没有到她表妹手里。但是万事皆有可能，一旦事实证明她的预感这次也没有失灵，那么现在旁人为揶揄她而起的绰号“月亮表姐”就会变成对她的尊称。

啃房人

啃房人很会讨人欢心，善于结交朋友。那些被他吻过手的女士对他尤其喜爱。他不会凑得太近，他冲着她弯下腰来，像捧起珍宝一样抓住她的手，隔着老远一段便引向自己的唇边。他拉出一个特殊的弧度，延长这段距离，顺利地使每位女士都自觉优越不凡——不论她何等老练世故。接着，他遗憾地松开那只玉手，当它最终缓缓从他的指间滑落，女士们感觉到他因为放手而悲伤，恨不得嘉奖他才好。

此举令人印象深刻，因此啃房人受邀参加各类最高档的聚会。新居的落成仪式缺了他可不行。他能带来旧时代的氛围。他被详细介绍给每一位女士，还会依次亲吻她们的玉手。只有眼尖的人才能看出女士们悄悄地站成了一列，据说，过去曾有得到了亲吻的女士再次排队。但是啃房人清楚自己已经仁至义尽，因为这并不是他的来意。

啃房人寻找着一个可以让自己独处的房间。它不能太小，也不能过于僻静，要便于他感受人群的气氛和声响。下手时，他会敞开房门。这个房间里必须有点儿贵重的东西：挂毯、花缎帷幕、塑像或者画作。尽管这是他首次进入这幢房屋，但是他已经仔细环顾了一番。吻手的时候他也在不断观察。

每当进入一幢陌生的房屋，啃房人就必定要啃些东西下来。人们不能让他一个人待着。他事先并未想好要啃什么。一切顺其自然。也许这取决于这家的女主人。他拉到唇边的每一只手都会给他留下特定的印象，但是最具影响力的总是这家女主人的纤纤玉手。他会把啃下来的物件作为纪念品带走。得手之前他不会离开。要是实在找不到其他东西下嘴，他就凑合着啃啃门把手。

迄今为止，他始终春风得意，从未被人逮住。他讨厌被人打扰。假如不得不吐出已经咬住的东西，他就会勃然大怒，对这件东西不屑一顾。他不会再次下口，因为他觉得这东西已经变味了。关键在于摆脱那些喜欢跟着他的女人。但是他的形象令人肃然起敬，别人也不敢跟他过分亲近。别人只是琢磨着他，对他生活中的女人们表示好奇。当他心满意足地回到人群中时，他已经将战利品收入口袋。

世代忠仆

世代忠仆总是在别人需要他的地方生活，并且希望自己可以一直被别人需要。有些时候，他也会弄不清谁是自己的主人，这时他便等候遗嘱的内容公之于众。一旦得知了新主人的身份，他就把自己变成主人的左膀右臂。举例来说，他懂得算账，他通晓各种语言，他会购买车票，他能兑换货币。他不会说“不”，纵观他的一生——他已经不年轻了——他从来没有说过一个“不”字。说“不”有违他的天性。他可以猜中主人没有表达出来的愿望。他是一个优秀的观察者。别人也许会觉得他能钻进主人的肚子，直接观察主人的心思。对他来说，主人是谁并不重要，重要的是发现愿望。

世代忠仆一向身强体健、百病不侵。别人也从来不会问起他的情况。他有手有脚，却不会被人看见。他在家里从来不开口，只有出门购物时才会说话。他沉默地把买来的东西带回家，不声不响地放下，写好价格、时间、须知或者其他说明之后便再次不见踪影。没人进过他的房间，他或许有一个属于自己的房间，但是就算真有这么回事，他也很少待在里面。因为主人家的成员醒来的时候，他早就起床了；等到他们全部入睡以后，他才会去休息。

世代忠仆从来不要求主人开具工作证明，也似乎从来没有拿到过这玩意儿。他根本不提报酬，因为他从来不办私事，也就不需要报酬。他确实进餐，但食量适中、姿态文雅。谁也没有见过他张口大嚼。他举止得体，安静地待在角落里吃饭。他悄悄地摸摸自己的牙齿，发现还剩下几颗。他早就知道了主人在出游期间何时会用得上自己，于是也给自己在合适的车厢买了一张票。他流利地翻译各种外语。听到他在国外开口说话，主人大吃一惊，因为他在家里总是一言不发。一行人在国外拍了不少照片。假如闪避不及，有时他就会意外地出现在照片上。主人一见便面露不悦之色。遇到这种情况，他也能妥善处理。他会亲自将胶卷送去冲印，等到照片拿回来的时候，他的形象已经消失了。没人知道他是怎么做到这一点的，别人不会问，他也不解释。重要的是，照片上只留下了主人全家的形象，世代忠仆则不见踪影。

诡计猎手

诡计猎手环视各个角落，不让自己受人蒙蔽。他能弄清那些无害的面具后隐藏着什么，瞬间洞察他人的真实意图，可以在那些面具自行掉落之前将它们迅速扯下来。

诡计猎手也善于等待。他在人群中走动，仔细观察，因为一切行为都暗藏深意。只要某人弯起小指，他便能看出此人在动什么可怕的念头。人人都对他心怀歹意，世界上遍布杀机。假如被人盯上了，他便很快转移视线，不让此人知道自己的阴谋已经被他揭穿。就让此人暂时继续沉迷于自己害人的念头，炮制恶毒的计划吧。诡计猎手不介意自己暂时被人当成傻子。在这段时间里，他激动难耐、浑身沸腾，简直可以化为蒸汽。但是他克制住了自己，并赶在自己爆发之前及时出手。

诡计猎手搜集邪恶的意图。为了妥善地保存它们，他专门腾出地方，还将他那个装满诡计的口袋命名为潘多拉的魔盒。他静悄悄地现身，避免打草惊蛇。他说话时总是柔声细气，语速缓慢，假装口舌笨拙。一旦盯上了某个目标，他便故布疑阵，摆出正在琢磨另一个人的架势。会面时他会故意弄错时间，姗姗来迟，假装自己已经把这件事忘得一干二净。如此一来，他麻痹了敌人，让敌人有足够的时间对他形成错误的印象。他过了好久才出现，低声下气地道歉，以极端拙劣的借口解释自己的迟到。那个浑蛋洋洋自得，在桌子底下直搓手。之后，诡计猎手一言不发，任由对方长篇大论；他屡屡点头表示赞同，以痴呆和敬仰的目光注视着对方，时而惊讶，时而大笑，间或表示赞许。这番表演能让所有人上当。诡计猎手告辞出门，跟那个流氓紧紧握手，真心诚意地说：“我一定会好好考虑。”接着他打道回府，对那些全数落入自己手中的诡计分门别类、系统整理。

他在整理归类方面极具天赋。因为世间万物自成系统，偶然性并不存在，每种恶行都与其他恶行相互关联。归根结底，世界上只有一个坏蛋，但他能以各种面目出现。诡计猎手行动时全凭自己高超的智慧，他能将坏蛋一网打尽，叫他们全数现形。他暗地里同情上帝：尽管造物主行事明智无比，却仍旧不足以蒙蔽自己。

一无是处女

一无是处女没完没了地检视自己，总能不断找到新的缺点。她对自己的皮肤吹毛求疵，闭门不出，每次只检查一小片区域。她手执放大镜和镊子，对着同一块皮肤反复地验看、戳弄和检查。因为那些乍看之下无懈可击的地方，在随后的检查中总会出现问题。她一度极为失意，之后便开始检查自己，那时她还不知道自己究竟有多少缺点。现在她已经发现缺点遍布全身，但这也只是冰山一角。她能牢记自己的发现并严格地对它们依次重新检查。

一无是处女对自己评价很低，它永远也不可能提高。她找到的缺点从不变化，它保持原状，一次次出现在她的眼前。多亏她还有许多检查工作要做，如果全身的皮肤都已检查完毕，她就一定会因为自己的发现而备受压力、精神崩溃。她还没有倒下，因为还有大量的工作等着她完成。

这项任务也许会让不少人绝望，但她乐在其中，因为她为追求自己的真理而生活。她不与任何人讨论此事，因为这跟他们没有关系，她希望能在死前完成工作。她不敢思考自己该怎么检查背部，她将这一步留到最后，期待着能够获得某种启示，使背部检查得以顺利进行。

一无是处女梦想着别人能把她的皮肤连同上面所有的瑕疵完整地剥离下来，再暗中帮她平摊在阁楼里。别人可以把她的皮肤悄悄地弄到这块晾晒衣服的地方来，只要小心就不会被人发现。这样一来，某些工作就会变得容易一些。背部的难题将会迎刃而解，她可以更安心、更公平地工作。她的检查会更加均匀，再也不会觉得某块皮肤指责她厚此薄彼。

一无是处女怀疑每个女人暗中都在干类似的事。因为哪个仔细打量过自己皮肤的人还能平心静气？皮肤瘙痒难当，说明它希望得到关注，希望得到严肃的对待。一无是处女不羡慕任何人，她经验老到，不会被一张动人的面孔所迷惑，因为别的部位看上去截然不同。她不明白男人为什么会受骗上当，不进行长年累月的详细检查就草草结婚。

考古女贵族

考古女贵族只发掘拥有几千年历史的古迹，她找到的是自己。假如生活在她祖母那个时代，发掘特洛伊遗址就可以让她满足，但现在情况不同了。技术的进步使发掘对象的历史愈发悠久，而她从这样的进步中获益。旁人只是盲目挖掘，她却熟知确切的地点。她无所不知。她佩戴着最古老的金饰，不容他人触碰，因为它当年就是为她制作的。当那些古代城市灭亡之时，它们已经知道了这是为谁。她体内的探测器告诉她哪里有过先人的遗迹。

她嘲笑那些鄙俗之人，他们拥进珠宝店，以标价衡量珍宝的价值。待价而沽的商品只适合暴发户和乡巴佬。考古女贵族知道自己的使命何在，她的身躯中有着众多古代文明的基因：那时人们经年累月地打磨石块，那时奴隶们恭顺、能干、善于隐忍。

她不相信血统，因为它已经严重不纯。她知道可笑的意外会把人变成什么样。尊严毫不可信，没人身家清白。她从不探问自己的身世，因为得到的答案准会让她恶心。只有埋在土里的东西才纯洁可信；埋的越久，可信度越高。对那些相信金字塔的笨蛋，她只会轻蔑一笑。别对她谈什么法老，那些木乃伊全是假货，她要找到不为人所知的真品。在它重见天日的时刻，只有在那一刻，真相才会大白于天下。

几天后，骗子们赶了过来，当那些珍贵的文物被擦拭得闪闪发亮，它们便与现代商品无异。

考古女贵族不能容忍任何人接近自己，她没有家庭。不出门的时候，她独自居住，由一群忠诚的猛犬保护。但她通常都在旅行。她用自己视如粪土的巨额财产资助世界各地的考古学家。一旦他们有所发现，她便立即前往该地，保住自己的应得部分，免得它们变成公众财产，被送进博物馆，从此在那里湮没无闻。

马厩幽暗女

马厩幽暗女受教育程度不高，不知如何与人相处。她能读能写，措辞并无障碍。可是每当别人跟她说话、要她答复的时候，她就张口结舌。只要一有人站在她面前，抬眼看她，开口说话，她便再也不敢像正常人那样做出回应。一切交流都令她恐惧。

接着，她转过身去，避免视线接触。她浑身发抖，眼眶里溢满泪水。别人说出的每一句过分轻率的话语都令她羞耻，为什么他们就不能站在她面前什么话也不说呢。也许她能逐渐习惯和别人打交道，也许她可以对别人要说的话做点儿心理准备。但是谁也不给她缓冲的时间，某人朝她走来，猛然站定，猛然瞧着她，猛然开口说话。还没等她鼓起勇气看他一眼，他就长篇大论起来。

她真希望这人能用她暗自记诵的温和高雅的词句说话，但她听到的总是些粗俗且目的性十足的言辞。它们像迎面飞来的小石头一样砸伤了她。

马厩是马厩幽暗女的避难所，她在马儿中间藏身。她靠在一匹马的身边，抚摸着它光滑的肋腹，心情逐渐平复下来。马厩里一片静默，马儿们友好地甩甩尾巴，她到来时，它们竖起耳朵，抽吸鼻孔。它们沉默地望着她。她不怕与这些温厚的眼眸对视。

马厩幽暗女为自己不是一匹马而高兴。她不愿意变成与自己相似的生物，她只害怕永恒的他者。她不奉承别人，不跟人亲密接触，不主动与人攀谈。她既不愿意理解别人，也不愿意被人理解。她必须在一片幽暗中生活，这种环境只能在马群中找到。她从来不跟那些想亲近她的动物打交道。但这并不说明她喜欢骑马。她寻找马厩，尽管它们有时并不好找；她趁着马厩里空无一人的时候前去，只要别人不来，她就一直待在里面。

马厩幽暗女不是个自恋的人，但她与马儿在一起确实是为了独处。

嗜书瘾君子

嗜书瘾君子阅读各类书籍。艰深难懂的书他都愿意一读。街谈巷议的书籍不能满足他的要求。他想读的书应当稀有且古旧，难以寻觅。他曾经花费一年时间寻找一本书，因为没人听说过它。一旦到手，他便很快读完此书并融会贯通，他牢牢记住它的内容，反复引用其中的典故。他十七岁时的相貌就跟现在四十七岁时一样。书读得越多，他的相貌越是固定不变。不管别人说出哪个人名，他都能对答如流。他在任何领域的知识都同样渊博。因为世界上总有些他不知道的东西，所以他始终兴致勃勃。但他并不说出自己的知识盲点，这样便不会有人在阅读上领先于他。

嗜书瘾君子很像一个为了不遗失物品而密封起来的盒子。他不愿谈论自己的七个博士学位，只提其中三个，对他而言，就算每年要拿一个新的博士学位也易如反掌。他友好而健谈，为了发言，他也让别人说话。假如他说“这我可不知道”，那么接下来他就要做一场详细而专业的讲座了。他行动迅速，因为他总是在寻找下一批听众。他不会忘记任何聆听他发言的人。在他看来，这个世界由书本和听众组成。他懂得欣赏旁人的沉默，他本人只会在讲座开始前沉默片刻。实际上没人想从他那里学到什么，因为他的知识太多太杂。别人不信任他，倒不是因为他的发言内容次次不同，而是因为他对同一个人说话时也从不重复先前的内容。假如他能旧话重提，那才是咄咄怪事呢。他以公正的态度对待自己的知识，各类知识都是平等的。别人指望他能说某种知识比其他知识更重要，可惜无法如愿。他因为自己跟常人一样需要睡眠而遗憾。

阔别多年的友人希望重新见面的时候他也能语无伦次一回，但是这个愿望恐怕一时实现不了。尽管他发言的内容各式各样，但他说话的方式一成不变。他时而结婚，时而离婚。女人们消失不见，因为婚姻永远是个错误。他喜欢那些激发他竞争意识的人，一旦获胜，他就把这些人抛在脑后。前往任何一座城市之前，他都要读完相关文献。这些城市与他的知识相符，它们证明他读到的内容完全正确。每一座城市的信息他似乎都能在书里读到。

傻瓜出现的时候，他隔着老远便开始大笑。想跟他结婚的女人必须给他写信，请他指教。假如她的来信够多，他就会爱上她，希望她不停地向自己提问。

屡遭引诱女

屡遭引诱女每次上街都会被男人尾随。她还没有走上几步，男人就会注意到她并跟上来，有些人甚至为了她横穿街道。她不知道这是什么缘故，是不是因为她的步态？但她并不觉得自己的走路姿势有什么特别之处。因为担心自己的目光吸引男子，她也从不注视别人。她并未打扮得花枝招展，也没有用气味特殊的香水。高贵大方，这就是她的特点，高贵大方、优雅脱俗。她的发型——或许是因为她的发型？她并未刻意打理发型，但它确实与众不同。

她只想获得安宁，但她也得呼吸新鲜空气，不能总是不上街。有时她刚在一块橱窗前站定，就从玻璃的反光里看到一名男子站在她身后，想要打搅她、跟她搭话。她根本不理会他，她知道他想说什么，她不会立刻做出回应，不然也太抬举此人了。但是假如这名男子纠缠不休、紧追不放，她就会突然转身，跟他面对面，愤怒地低声质问他。此时两人非常接近，她的头发都能碰到他的领带了。她说："您究竟想对我怎么样？我不认识您！请您别骚扰我！我不是那种女人！"

这些男人究竟想干什么？为什么他们不相信她？她从来也不看他们一眼，连他们长什么模样都不知道。但她的言辞同样令男人着迷，他们追得反而更紧了。也许是因为她的头发贴上了对方的领带。她不得不尽量靠近那个男人说话，免得引起围观。不然她愤怒的言辞会让旁人做何感想？但是那名男子恬不知耻，把她当成那种女人，还动手抚摸她的头发。要不是还有旁人在场，她早就给他一个耳光了。但是屡遭引诱女知道分寸，她强压怒火，走到另一块橱窗前躲避。如果这样做还不能摆脱那个男人，她就沉默地任由他跟着自己从一块橱窗走向另一块橱窗。她不会再对此人说一个字，再也不靠近他的领带。最终，此人失望而去。但是屡遭引诱女还在等待，她希望有一个男人能对她说："我错了，我看出来了，您不是那种女人。"

屡遭引诱女毕竟是个女人，她注意自己的外表，总是忍不住在橱窗前流连。为了获得安宁，她换了香水，但这无济于事。她甚至改变了自己的发色，把所有的颜色都试了个遍，但是男人们仍旧不死心，总是跟在她的身后。她需要一名骑士保护她不受这些男人的骚扰，可她要去哪儿找这样的骑士呢？

疲惫女

疲惫女坐在她的酒店里四下张望。她已经不再是年轻姑娘，虽说还没有七老八十，但也确实到了可以抱怨工作太多的年纪。她跟走进酒馆的老顾客们打招呼。作为酒店的老板或者老板的妻子——随别人怎么说了——她经常被人问候几句。“您今天身体怎么样啊?”“太累了。”不论是在中午十二点还是午夜十二点，她都会如此回答，还会顺便解释自己疲劳的原因。中午的时候，她说：“昨天我工作了十八个小时。”午夜的时候，她说：“今天我还得工作十八个小时。”她干什么都嫌累，只有说这句话除外。她每天都能把这话念叨上几百遍，一说就是好几年。说话时，她神情痛苦。她站起身来，让大家看到自己是多么虚弱，还没走上几步，她就真的瘫倒了。她动作巧妙，正好倒在了一个带软垫的座位上。瘫倒时她也不愿意弄疼自己。刚一坐好，她就可怜兮兮地环顾四周说：“太累了。”

但只要有一个服务员出了差错，冷落了一名顾客或者在某道菜里漏加了什么食材，她就会暴跳起来，反复地高声怒骂。她不知疲倦地骂个没完。挂在她胸前的十字架跟她一样激动，随着她的话语气愤地上下颠动。每句辱骂最终都会演变为刺耳的尖叫。由于她骂不绝口，所有的人都停止了对话，谁也听不清自己在说什么，顾客一言不发，情侣们对自己的未来忧心忡忡，再也不敢相互注视。

她骂骂咧咧地从座位上站起来，摇晃着走向吧台，亲自拿了一个碟子，摇晃着穿过酒馆，考虑了一下又把碟子放了回去。她放下碟子的时候发出了惊天动地的响声，不过碟子完好无损。没有人敢点菜，大家唯一的愿望就是让她闭嘴。新的顾客走进店里时，疲惫女只是点头致意，嘴里还是骂个没完。她破口大骂是为了维护秩序，这是她生活的意义。她的力量来自胸前的十字架，要是没有它，她骂不了三句就会停下。当她终于瘫倒在座位上时，她环顾四周，寻求大家的同情，哀叹道：“太累了。”

拖延专家

拖延专家每天早晨下楼去开信箱，他观察信件的外部特征并对它们进行分类。内容紧急的信件被他藏得严严实实，以后再也不可能被找到。不太紧急的信件他就随手藏匿起来。但是每封信都会找到自己的去处。将所有信件处理妥当之后，他才能开始一天的生活。这项工作一旦完成，他便长出一口气，设法遗忘此事。最好的办法是处理完信件后立刻继续睡觉。因为一旦再度醒来，他就再也想不起先前发生过的事情。不然他还得着手把藏匿地点换上一遍。迅速清空记忆真不容易啊。

拖延专家看看钟表，确定哪些地方自己去不得，因为有人正在那儿等他。别人想要打扰他的时候，他却在无人知晓的去处躲清闲。时间过得飞快，因为没人知道他的下落，他喜欢想象别人寻找他的样子。因为形迹诡秘，他深受敬仰。别人觉得他肯定十分忙碌，谁也不知道他在忙些什么，于是大家肯定觉得他的工作事关重大。

拖延专家躲着那些能让他回忆起某事的人。假如真的想起了什么，他就垂头丧气地说："这真是我干的吗?"他觉得自己一身轻松，因为他什么事也不做，多做多错啊。由于离群索居的缘故，他的知名度很高。他的门铃已经多年无法正常工作了。他不去维修门铃，时不时躲在窗户后面偷看别人站在他的门牌前徒劳地按铃。让他们按去吧，反正他听不见。他看着他们，他们站的时间越长，他心里就越满足。每当夜幕降临，他还会进一步品味这个场景：他亲自站到门前，冲着楼上的自己徒劳地大按门铃。

他知道自己为什么惧怕那些将会踏上自家地毯的访客：他的地毯下藏着数千封未被拆开的来信。他的床垫里全是信，已经沉重得无法挪动。阁楼上的箱子几乎全部满满当当。就连柜子顶上也放满了尚未阅读的信件。他不愿意走近书橱，因为他抽出的每本书里都夹满了信件。他不愿意丢掉任何一封信，因为里头兴许有什么重要信息。在弄清信件的内容之前就把它扔了太过轻率。也许将来他需要查阅其中的详情呢。一想到所有信件都被收好，他的心里便十分有底。只要一封不少，他就不会有任何损失。

恭顺之祖

恭顺之祖对宿命坚信不疑，将命中注定之事当成幸福之源。逃避命中注定的事情并无意义，所以在此事发生之前，他已然接受下来。他低眉顺目地走去，表示做好了承担各种压迫的准备。但他避免四下张望，免得被压迫给盯上。因为每种压迫都是与众不同的，假如它们同时袭来，压迫就失去了自身的特点。再没有什么比千篇一律更让人悲哀的了。

恭顺之祖接连不断地表示顺从。他知道这样做有什么好处，他的解释绝非言不由衷。他坚信人类是为了命中注定之事而存在：这正是人类有别于禽兽之处。它们懵懂无知，总是四处奔逃，自以为可以摆脱命运。可它们最终仍将被吞噬，而这些可怜的畜生并不知道这是无可避免的。但是人类却始终等待命运的判决并欢迎它的到来。

他的孩子才刚学会说话，他便对他说："难道你想长生不老吗?"他早早便让孩子习惯于听天由命。这孩子应该像他一样拒绝盲目度日，这孩子应该为恭顺之祖承继香火、繁衍后人。

他懂得早早训练自己的服从技能，这能使他愉快地面对死亡。他的人生哲学是，一面接受死亡，一面继续生存。这套哲学的精髓在于不去对势必会发生的事情进行任何抵抗。"怎么区分势必会发生的事情和其他事情呢?"他的回答是，这种能力是与生俱来的，而人类的明智之处就在于保持这一本能。

他建议人们不要去理会自由斗争、起义、骚乱，甚至是抗议。但是假如人们已经对这类事件有所耳闻，他们便应该关注事件的全过程，认清它们是多么的徒劳无益。它们或者毫无成效，或者暂时取得成功，而就算它们没有立刻失败，一切也会很快恢复原状。只有那些洞明世事、接受了世界的现状及其常态的人才能保有自己的尊严。最坏的事情也会变成好事，假如这本是命运的安排，因为命运是最为严肃和沉重的。

恭顺之祖练习承受重负。他在这方面极其训练有素，有时会让命运忍不住戏弄他一番。但他甚至可以在重负出现之前就稳妥应对。各类重负接踵而来、花样繁多，而他也能理解其中的意义：一个人承受的重负越多，他就越高贵。

恭顺之祖具有丰富的经验。他四处传播建议。它们一成不变。

情迷苏丹女

情迷苏丹女因为后宫的消亡而深感痛苦。以前曾经有过能够理解女人心事的男人，他们不满足于仅仅拥有一个女人。他们充满自信，富有激情，不会满脑子只想着自己的工作，不会沉迷于挣钱致富。再看看现在的男人吧，他们筋疲力尽地下班回家，回到一夫一妻制的家庭中。平庸！无聊！惨淡而无味的安宁！女人显得无足轻重，只能充当厨娘或者母亲的角色。任何一个女佣或者保姆都可以取代她。怪不得女人丧失了自己的本性，再也不知道自己存在的意义。一些女人竟然恬不知耻地投身于职场，照搬她们丈夫的生活方式：做起生意，变得冷酷无情、自以为是，回家的时候跟他一样疲惫不堪；她们的外表也像男人，穿着男人的裤子，说着男人的言辞，并且满足于跟社会上的男人一较高下而不是跟家里头的女人争风吃醋。

对后宫念念不忘的情迷苏丹女为土耳其的现状感到遗憾。在那里，帝国的伟大之处已经荡然无存。开疆拓土彻底终止，崇高伟大无处可寻。它和其他国家再也没有区别，它变得更加现代，但它无趣至极！在土耳其人广蓄后宫佳丽的年代里，他们非常强大，为了填满宫苑，他们必须发动战争，他们开疆拓土全是为了得到更多姬妾。这种永无止境的欲念充满了英雄气概，让她怎能不怦然心动！她梦想着一个让若干妃嫔和无数姬妾翘首以待的男人看中自己；她梦想着得知他拿自己同别的女人做比较；她梦想着他对自己另眼相看，格外宠爱；她梦想着自己通过考验，得到垂青——这是一场胜利！就跟他在战场上取得的胜利一样！她梦想着自己能牢牢地拴住他的心，向他奉上别的女人没有的东西！她要在毒药和宦官的帮助下将自己的儿子扶上高位，她要让儿子下定决心把他的兄弟和竞争对手消灭干净！

情迷苏丹女讨厌一个再也不能让女人味大显身手的世界。难道要她去当电影明星，与男人享有均等的机会，承担一样的工作？难道要她为一大群人跳舞？难道要她卖唱？现在的男人难道不是无所不为？难道她成为女人只是为了向男人看齐？唯一专属于女人的事业就是生下一名王子，他会干掉其他王子，等到苏丹老迈不堪，他也会结果了苏丹的性命。

情迷苏丹女为自己建造了一座后宫并隐居其中。她始终待在里面，从来不离开。在这里，她按照宫中的常例身着透明的衣裙。在这里，她练习着仅供苏丹一人观赏的艳舞。在这里，她等待着从未露面的苏丹，想象着他即将到来。在这里，他可以得到自己熟悉且应得的各种服侍，妙处甚至会超出他的想象。在这里，她满怀激情地跪倒在他的脚下，请求他说出自己最最荒淫无耻的愿望。

言语婉转女

言语婉转女不喜欢展现自己，她为自己的一切甚至是言语感到羞惭。为了让自己好受些，她说起话来总是拐弯抹角，避免一切直白的言辞。她说话时永远不会开门见山、直奔主题，使用任何名词前都要停顿一下，等待片刻。假如世界上没有身体这样东西就好了，她只当自己的身体不存在。只有在她想要掩盖身体的时候，她才会注意到它。但她也善于不理会自己的身体。谁也不曾听她提过任何身体部位的名称。她极其擅长委婉地表达。过去的某些时代兴许能让她感觉更自在，生活在当下令她痛苦不堪。因为一切都刺激着她，一切都让她头疼。她刚把头扭开，眼前就又出现了不该看的东西，她不得不迅速转移视线，一刻不停。

跟别人对话之前，言语婉转女恳切地说“抱歉”，希望别人尽量能用她的方式说话，用类似的套路回答，避免一切刺激她的说法。她希望别人不要伤害她，因为与别人交流令她非常痛苦。别人刚向她伸出一只手，她就开始觉得别扭，她急切地说“抱歉”，并将自己的手抽了回去。尽管她从来不脱手套，她仍能体验到两手相握时的触感，这令她心神不宁。因为接触别人的身体让她猛然意识到了自己身体的存在。她羞愧万分，恨不得钻到地缝里去。

说完“抱歉”，她就说出一句只有自己才能听懂的话。最可怕的是，她还得把这句话重复好几遍。别人目不转睛地看着她，好像她正在说外语。她不知道哪一样更让自己难堪：是凝视的目光，还是直白的言辞？

言语婉转女必须出门购物，因为她一人独居。她将自己的生活需要降到最低限度。她知道有些东西自己无论如何也不能买，因为它们的名字实在太可怕了。她有时挨饿，但是绝对不敢生病。因为世界上有一群名为医生的魔鬼，他们会直截了当地问你哪里不舒服。

上帝宠儿

上帝宠儿从来无须考虑何谓正确，他在《圣经》中寻找答案。他能在书里找到自己需要的一切，所以他底气十足。他热切而努力地寻求它的支持。他想干的任何事情都符合上帝的旨意。

他能找到自己需要的神谕，做梦时都能找到。他不用担心它们的自相矛盾之处，因为这点对他有利。他无视那些没用的内容，只强调一句意义明确的话，他将这句话牢牢记住，直到它帮助自己完成心愿。一旦时过境迁，他又会寻找其他神谕。

上帝宠儿偏爱遥远的古代，喜欢援引旧例。现代的各种花样纯属多余，没有它们人类过得反而更好，它们只会令一切变得复杂。人类想要得到一个明确的、固定不变的答案。变化不定的答案毫无用处。针对不同的问题，上帝早就做出了各种神谕。不管别人问他什么，他都能找到恰当的答案。

上帝宠儿生活规律，珍惜时间。即便周围的世界濒于毁灭，他也不会失去信心。造物主必将在最后一刻力挽狂澜、拯救世界。假如这个世界已经不可救药，造物主也会在它毁灭之后重新创世，令自己的训谕万古长存、继续流传。绝大多数人将因为不服从神谕而灭亡，但信徒绝不会遇难。不论面临何种危难，上帝宠儿总能逢凶化吉。数以千计的人在他身边丧命，他却安然无恙，始终毫发无损。难道这还不足以说明问题吗？

上帝宠儿谦恭顺从，并不因此而洋洋自得。他了解人类的愚蠢并深以为憾，因为他们本可以轻松度日，却不愿意如此。他们以为自己享受着自由，却意识不到他们正在奴役自己。

上帝宠儿发怒的时候，并不用自己的话语发出威胁。要鞭挞人类，世界上本就有更合适的语言。他长身玉立，手拿一整袋神谕，仿佛站在西奈山上的正是他本人。他催动雷鸣、警示威胁、责骂不绝、投掷闪电，把坏蛋们吓得泪流满面。这些人为什么就是不肯听他的话呢？他们什么时候才能彻底顺从于他？

上帝宠儿仪表堂堂，他嗓音动人、满头长发。

铁石心肠女

铁石心肠女鄙视借口。就连杀人犯也懂得找借口为自己开脱，他们口若悬河，直说得旁人将受害者忘得一干二净。假如受害者也能开口，那么他描述的事件经过肯定截然不同。这倒并不表示她对受害者有多同情，因为任人宰割本来就不像话。但是有个受害者毕竟也是好事，这样一来，杀人犯就能受到惩罚了。

在晚祷的时候，铁石心肠女对孩子们说："要爱自己如爱邻人！"[①] 假如他们争执起来，她就煽风点火，让

① 此语为对《圣经·马太福音》中的诫命"爱邻人如爱自己"的戏仿，完全颠倒了原意。

他们通过大打出手解决矛盾。她最喜欢看他们拳击，其他无害的运动不怎么入她的眼。当然，她也不反对他们游泳，但是学习拳击更为重要。

他们应当发家致富，懂得如何挣来万贯家财。受骗上当的傻子一点儿也不值得同情。世界上只有两种人：上当者和诈骗犯，弱者和强者。强者硬如铁石，别人无论如何也休想从他们身上占到一点儿便宜。一毛不拔的人最有本事。假如没有这群孩子，铁石心肠女早就是有钱人了。现在该轮到这些孩子发财了。她每天都对他们说，工作使人愚蠢，聪明人让别人替自己干活。铁石心肠女睡得十分安稳，因为她知道自己一毛不拔。

她家的大门始终紧闭。没有一个男人能进来。他们只会给女人留下孩子，事后还不记得付钱。这些人也不勤奋工作，不然就不会总是惦记着她。假如某个上门的男人真有些本事，那她早就看出来了。但是这样的人时间紧张，根本不会来。愿意找她的只有懒汉。

铁石心肠女从来没有掉过眼泪。当她的丈夫因为车祸丧命的时候，她怒不可遏。为此，她咒骂了他整整八年之久。每当孩子们问起他，她就说："你们的爸爸是个蠢货。这个蠢货给撞死了。"铁石心肠女不承认自己是寡妇。她看不起那个蠢货丈夫，所以不觉得自己是他的遗孀。男人都是废物。他们满怀同情，受人愚弄。她一毛不拔，谁也别想占她的便宜，男人们真该向她学习。

铁石心肠女从来不读书，可说起狠话来一点儿也不含糊。每当别人对她恶语相向，她就立刻听好，并将这些刻薄的话牢牢记住。

名人研究者

名人研究者进行比较和观察。他有一套自己的标准，它们随着时间和条件而变化。有一些名人允许别人研究自己，另一些则拒不合作。他有一些极其出色的问题，还有几根小小的皮鞭。出生地因素对名人的成长有着很大影响，某些地区根本出不了名人，这可能跟水质有关。这类地区的人口正在逐渐减少，而另一些地区则扎堆出现名人，因为大家都知道那里人口增长率很高。名人研究者清廉公正，拥有客观的评判标准。他从口袋里掏出一根直尺、一个罗盘、一座天平、一个六分仪，他精通这些工具，动作无比迅速，计算、预测、加减，所有达不到他标准的人物都被鄙夷地扔在一边。

名人研究者的工作并不轻松，他埋头苦干。但他也有喜不自胜的时候。这时，他把所有的工具往地上一扔，双手伸向空中，大喊一声："天才！"接着，他就什么话也不用多说了。据说，他根本不喜欢测量，他从事这项工作只是为了在不经意间准确地发现一名天才。这样他就不用进行任何解释说明了。再好的出生地也不能为天才增光添彩，再坏的出生地也不能对天才产生妨害。名人研究者注意控制天才的数量。世界上只有完整彻底的天才，四分之一或八分之一的天才之类的说法是完全错误的。面对天才，所有常规的计算方法全都束手无策，也许微积分还能派得上用场，但人们对此也没有把握。关键是，每一个世纪的天才数量都是有限的。

因此，不到万不得已的时候最好别把天才发掘出来。许多天才长期籍籍无名，并非人人都能遇到伯乐。一些天才深藏在地底。只有名人研究者拥有独门探测器。终其一生，他也许只能从故纸堆里发掘出十来个天才，因为这些人喜欢在历史陈迹之中藏身。名人研究者本人有着成为天才的资质，但是他很早就决心投身于这项更为艰难的事业。他是道德法则的化身，他品行端正。由于偷盗是仅次于杀人的罪行，而天才又总是大肆剽窃常人的思想，于是他放弃成为天才，满足于揭开天才的神秘面纱。

名人研究者既有地位又有荣誉。他是最有资格获得这一切的人。因为假如没有他，人类就完了。谁会知道天才隐藏在什么地方？谁会知道怎么把天才发掘出来、清理干净、掸去灰尘、抹掉他身上的道德污迹？谁会知道怎么公开他的身份？他需要多少光线？要给他提供哪些食物？怎么让他出门放风，每隔多久放风一次？为了保持天才的光辉形象，要将他的哪些敌人赶走？更重要的是，谁会知道什么时候让天才闭嘴？

畏光女

畏光女对粗暴的日光避之唯恐不及。它轻率冒失，不懂礼节，亮得刺眼。人的身上总有些尚未公开的秘密，可它们被毫不留情地拉到了日光之下公开展示，它们被照亮、被加热，于是，大家再也弄不清它们原本属于谁——是某甲，是某乙，还是天底下所有的人？

畏光女紧握着那些无法被人剖开的水晶。即便是其中的透明水晶也对自己的硬度十分自信，不让人们如愿以偿地切割自己。畏光女希望自己遗世独立，沐浴在一道柔和而安全的光线之下。也许这道光线是从星星上远道而来，但是在它找到她之前，它对她一无所知。在它出现之前，她在自己的藏身之处悄悄地聆听着动静，她惴惴不安、思维混沌。

一生之中，她只用过一次望远镜，但这已经足以令她感到羞愧！她觉得自己这么做无异于恬不知耻地冲向一颗星星，不顾它的意愿，强行索取更多光线。它突然变得形单影只，被迫与其他星星分离，没法再从它们那里得到平静与安稳——这情形让她久久难忘。她为了一己之私将它从满天星斗中采撷了下来。平日里，她的目光从容而柔和，可那次她紧盯着这颗星星不放，就像白天里日光纠缠着她一样。她担心这颗星星会被摧毁，从天空中消失。她扔掉了望远镜，诅咒这玩意儿，连续好几周都不去看这颗倒霉的星星，以这种独特的方式赎罪。等她鼓起勇气再去寻找它并发现它还在那里的时候，她非常高兴，于是就把象征着自己耻辱的望远镜买了下来，砸得粉碎，并趁着夜色四处抛撒它的碎片。

太阳下山之后，畏光女就松了一口气。她希望太阳永远不要再升起来。白天，她待在暗无天日的地方。她只是为了打发白天的时间才工作。她的肌肤如同日光一样白净，但她并不知道这一点，因为她不看自己。她还从来没有费心考虑过自己。她唯一的镜子就是群星闪烁的夜空。它由许多光点组成，根本称不上是一个整体。它从哪里开始？又在哪里结束？一个连自己的样子都没见过的人能解答这些问题吗？

畏光女有着自己的想法，但她从来不说。她担心自己一旦说出了口，就会失去它们。但这些想法不会在她的头脑中一成不变，它们时而膨胀，时而萎缩，假如它们变得非常小，就能够钻出她的身体，在其他人的头脑中出现。

拉扯英雄者

拉扯英雄者想方设法来到塑像的旁边并拉扯英雄人物的裤子。尽管它们是石像或者青铜像，他却觉得它们摸起来就像活人。一些塑像矗立在车流之中，让他无从下手。但公园里的塑像触手可及。他时而蹑手蹑脚地绕着它们行走，时而潜伏在灌木丛中。等到最后一名游园者离开，他便跳了出来，灵巧地攀上塑像的基座，来到英雄的身边。他站立片刻，鼓起勇气。他心怀崇敬之情，不会贸然拉扯。他还得考虑考虑在哪里下手最好。随便摸一下可满足不了他，他非得用手指攥住一点儿东西不可。他需要衣服上的褶皱，不然就无法拉扯。一旦抓住了衣褶，他便像咬住了它一样久久不愿松手。他感觉到伟人的力量进入了自己的体内，于是全身颤抖起来。现在，他终于明白了自己真正的身份和能力。现在，他再一次立下了雄心壮志。现在，他紧抓不放。现在，他充满力量、热血沸腾。明天他就要开始行动。

拉扯英雄者不会继续往上爬，因为这么做不妥当。他原本可以爬上石像的肩膀，在英雄的耳边说点儿悄悄话。他原本可以揪住他们的耳朵，对他们横加指责。可这种举动太无耻了。他对自己恰如其分的低调位置很满意。他只会牢牢地拉住裤褶。但是如果他更加勤奋，每天晚上都去拉扯英雄，一天比一天用力，那么他就一定能迎来扬眉吐气的一天：那天他将猛然跃起，当着世人的面轻蔑地朝英雄头上吐口水。

音乐大师

假如音乐大师偶尔要向前移动，那么他就会从一根立柱顶端缓步走到另一根立柱顶端。立柱限制了他的移动速度，但它们承担得了他的体重，因为他分量不轻。在立柱矗立的地方，人们建起了一座神庙，他的信徒随即涌来。他一举起指挥棒，世间便一片寂静。他在空气中洒满了高深的符号，信徒们一言不发，沉思冥想，猜测那些符号的含义。

在庄严演出的间隙，音乐大师食用鱼子酱。间隙很短，他很快又站起身来。但他做任何事情的时候都不是孤身一人。众人簇拥着他，盯着仅供他一人独享的鱼子酱。音乐大师打起嗝来很有节奏。

音乐大师环游世界时派头十足。挡路的东西一概要被清除。石块、山脉和海洋都无例外。他坐在专用的列车车厢中，信徒们站在过道里脱帽致敬。此时他把作品的总谱放在面前，在上面大笔一挥，标注些记号。只有他才有资格使用这些记号。他每次下笔，车厢外的信徒都会瑟瑟发抖。他一起身，火车就停下；他不坐下，火车就不会继续开动。火车绝不会停在他不喜欢的地方。为了让他高兴，它停靠在空旷的原野上。

音乐大师在每一座神庙中留下一个女人。她像旧时的妇人一样等待着他。她永远在神庙中端坐，她只委身于他一人，她的孩子、肌肤和秀发都仅仅属于他。当他或许在多年之后再次站上那些立柱，她便心怀敬畏，与他人一起站立着祈祷。他看见了她，却没有立刻认出她。不过她既然已经等了很久，那么她也不会缺乏耐心。后来，他朝她点了点头，在万众之中只朝她一个人点头。为了他的这个举动，她粉身碎骨也在所不惜。

音乐大师知道自己能够长寿，清楚自己能活多久。假如他对自己的演出特别满意，他就举办一场宴会。其他人也能在宴会上落座、饮酒，但他绝对不和别人饮用同一种饮料。后来他微微一笑——他还从来不曾大笑过——让宴席上的来宾逐一到他跟前去。“让我看看你的手！”他命令道，接着就十分专业地查看某人的掌纹。他断言此公必将早夭，然后就让下一个人伸出手来。

神魂颠倒女

神魂颠倒女总是在不同的床上醒来，她难以置信地揉揉眼睛。她这是在哪儿？她过去从没来过这里！她是怎么到这个地方来的？是谁把她弄过来的？她怔愣片刻便神色如常，因为她还有事情要做，不愿意把宝贵的时间花在胡乱猜测上。她醒了过来，伸个懒腰，打扮妥当。她还不知道自己今天会被什么人看中。

这并不表示她正在寻找什么人，但是她得让别人找上自己。她知道自己可以进入某些场所。不多久，一个与众不同的人就会朝她走来。他相貌堂堂、举止不凡，身上总有某些与众不同之处：或是西装式样新颖，或是发型奇特。他早就注意到了她，因为她不会主动关注别人，只有那些果断地朝她走来的男人才会引起她的注意。他根本不用说一句话——只要他看她一眼，晃动一下漂亮的脑袋，在小胡子底下微微勾起嘴角高傲地一笑，稍稍抬手，伸出漂亮的食指——他根本不用说一句话，她就觉得自己神魂颠倒，坠入爱河，一往情深，接着又再度神魂颠倒。她觉得自己对他死心塌地。除了他，她谁也看不见，她今天不会把任何其他人放在眼里。她宁可被千刀万剐，也不看别的男人一眼。假如老天爷同时派来了两个相貌堂堂、举止不凡的男人，他们身上都有某些与众不同之处，或是西装式样新颖，或是发型奇特，而且他们还同时向她示好，那么她就会觉得自己为了两个人而神魂颠倒，对两个人死心塌地；她绝对不会厚此薄彼。

可以说，跟他们俩一起过夜是在浪费她的时间，因为两人互不相让，谁都不愿意退出，她也尽力挽留他们。如此一来她便无法忘记自己的身份，无法忘记自己身在何处，无法真正进入神魂颠倒的状态。为了不让任何一个人离去，她跟他俩足足聊了一整夜。她根本不能入睡，更不要说进入神魂颠倒的状态。她始终清楚自己身在何处。这一结果实在令人遗憾，因为他们两个都配得上她，可她就是这样一个人。她待人忠实，忠实是她的天性。

慕男狂

和别人根据他的名字产生的联想不同，慕男狂追求的不是男人，而是男子汉气概。他寻找这类品质，学习这类品质，钦佩这类品质。他发现、追求和仿效一切果敢和勇猛的行为。他对失败者视而不见，认为这个世界由胜利者组成。

出生时，慕男狂让母亲吃尽了苦头。刚满四个月，他就在她腹中又挠又撞。他讨厌自己受到拘束，因此对她连踢带踹。这可怜的女人不知道自己是怎么了，她坐卧不宁，只能来回踱步，一刻也不得安宁。最终，他提前不少时日出生。还没长牙，他就咬了母亲一口。

孩提时代的慕男狂四处打架，把每一个想支使他的人揍跑。十四岁时，他就不见踪影，从此音讯全无。他到底上哪儿去了呢？母亲并不担心，因为他肯定能闯出一条道儿来，她很有把握，就像她确定他没长牙时就咬过自己一样。

他远走他乡。他善于单打独斗，不跟他人合作。春风得意者令他关注，失意落魄者他毫无兴趣。第一次观看拳击比赛的时候，他就明白了自己想要什么。他为胜利者助威，把嗓子都喊哑了。但是失败者站了起来，并未被打死。看到此人没有丧命，还摇晃着离开，他只觉得恶心。太不像话了。但是有些东西远胜过拳击：武器。枪炮置人于死地，枪炮不是儿戏。他爱上了武器，设法弄到了一些并开始交易。他做起生意来一天比一天从容大胆。

慕男狂早就成了百万富翁。世界上总有此起彼伏的战争和冲锋陷阵的男人。他亲自观摩战事，假如前景不错，他便向雇佣兵们提供武器装备。他出手大方，发放贷款。一旦某处爆发战争，他地图上相应的小点就会闪烁起来。于是他立刻跳上私人飞机及时到场，使自己处于危险之中。协议一签完，他就继续奔赴另一处战场。他认识世界上的每一位雇佣军头目。他从来不深思熟虑，那玩意儿属于弱者。他看好那些满脑子只惦记着上阵杀敌的人。

慕男狂坚信世间万物一成不变。只要有真正的男子汉存在，他们就会互相厮杀。大家都知道地球上居民过剩，男子汉存在的意义就是消灭多余的人口。

痛苦代言人

痛苦代言人历经坎坷，完全可以说自己阅遍了世间的痛苦。不论哪里发生不幸，他总是在场，总被牵涉在内。别人谈论灾祸并表示遗憾，他却亲身经历了痛苦。他什么也不说，但是他的感触比别人深得多。当别人谈起一桩他经历过的灾祸时，他总是凝目沉思，令人动容。

他的不幸是从“泰坦尼克号”撞上冰山时开始的。他跳下船舷，在水中漂浮了十六个小时。他始终神志清醒，看见其他人一个接一个地沉入水中消失不见。他是最后一个得救的人。

痛苦代言人曾经六次倾家荡产。他熟知贫穷与饥饿的滋味。他对这些深有体会是因为年幼时便无人疼爱。经过不懈的努力，他也曾渡过难关。但是事情刚有些起色，他便再次一无所有。

痛苦代言人曾经几度得配佳偶，原本早该儿孙满堂。可致命的疾病夺走了他所有亲人的生命。他不得不接受这一事实。他的第一任妻子——他最为忠贞的伴侣——已经被载入了医学史册：她是欧洲最后一名因鼠疫而死的病人。大家都觉得麻风病在这个国家已经销声匿迹，但他却亲眼见证过它的威力，眼睁睁地看着两个女儿和一个女婿死于这种疾病。即便如此，他也不曾怨天尤人，他坚强地承受了这一切。但他也就自然很难被别人的痛苦所打动。他从不抱怨，他承担一切，他沉默不语，面带微笑。假如其他人要倒苦水，他便侧耳倾听，可是别指望他会对那些一辈子只经历过一次不幸的人倾诉心声。

痛苦代言人宽容大度地指出别人讲述的悲惨故事中

的自相矛盾之处。他不会反复盘问，而是继续聆听，突然纠正一个日期。只有吃了熊心豹子胆的人才敢介绍痛苦代言人从头到尾亲身经历过的灾难。后来，他的唇边浮起了一丝淡淡的嘲讽。当他表示难过的时候，别人没法从他的话里听出一丁点儿真情实感。但这并不说明他冷酷无情，而是说明他比别人更了解这场灾难的经过。他的真实想法显而易见。他很了解这群人，他们都是强盗，想把他所有的痛苦经历据为己有。

但他不久前失态了一回。有人提到了庞贝这个地名，而一个胆大包天的窃贼竟想对他讲述那段历史：他是什么人，当天他正在庞贝城，正是那场灾难的唯一生还者！他毫不留情地打断了那人的话。他已经忍无可忍了。他站起身来，脑袋里充斥着对那一天的回忆。他离席而去，情绪明显有些激动，却仍旧保持着风度。当他走出房间时，大家都满怀敬畏、一言不发，这让他十分受用。

虚构女

虚构女从未生活过，但她存在并引人注目。她美貌异常，但在每个人眼中都是不同的模样。旁人形容她时不吝溢美之词：秀发如丝、明眸善睐。可大家对她的眸色各执一词，有人说是耀目的金蓝，有人说是深沉的乌黑；她头发的颜色也让人争执不下。

虚构女身高多变，体重不定。她经常将美丽的贝齿展示在众人面前。她的胸部时而扁平，时而丰满。她活泼好动，她沉静安详。她一丝不挂，她身着霓裳。别人对她脚下穿着的鞋子就有上百种不同的说法。

虚构女高不可攀，虚构女轻浮放浪。她言而无信，她一诺千金。她行踪不定，她安居一方。她缄默不语，她出口成章。她严苛挑剔，她热情外向。她像大地一样沉重，她像空气一样轻灵。

人们还不清楚虚构女是否知道自己的巨大影响。她的仰慕者对此同样争论不休。她是怎么让所有人都认出自己的呢？如今她要做到这点自然不费吹灰之力，但她过去也能如此轻松吗？还有，是谁将她塑造得令人难忘？是谁将她的芳名传播到了一切有人类定居的地方？是谁将她神化、抬高她的身价？是谁在人类登月前就把她的事迹在月球的荒漠上传扬？是谁将那颗因她而得名的行星镶嵌在云海之中？

虚构女睁开了眼睛，再也不会闭上。打仗时，交战双方都有人为她阵亡。过去曾有战争为她打响，现在则不然。现在她探望参战的男儿并微笑着给他们留下一张画像。

拒绝先生

拒绝先生不听任何人的指挥，只能让别人迁就他。谁的话他都当成耳旁风，他是不是压根就没有听觉？他能理解别人想让他干什么，但在弄清这些意图之前，他就已经摇头晃肩膀地表示拒绝了。别人有威武不屈的脊梁，他有斩钉截铁的“不行”，这玩意儿可比骨头硬多了。

拒绝先生吐出命令。它们在空气中嗡嗡作响，四散飞去。尽管他像躲避瘟疫一样躲避它们，身上还是难免会沾上一点。为此，他专门准备了一块手帕，还没等他在上面吐满命令，他就把它烧了。

拒绝先生从来不去柜台。那些板着脸的家伙让他恶心。他觉得他们长得全都一个样。他情愿使用自动售货机，想要什么就自己拿，免得心烦。自动售货机不会对他冷言冷语，也不会让他又是央求又是解释。购物的时候，他只需投入硬币，按下按钮，就能拿到自己想要的东西，不需要的商品他一概不看。

拒绝先生讨厌衣服上的纽扣。他把衣服全都弄得松松垮垮，连条裤子也不穿。他觉得领带是魔鬼的发明，完全可以变成勒死人的凶器。每当看到旁人系着裤带，他就会对此公的麻痹大意深感惊奇：“我才不用那个能吊死人的玩意儿呢。”

拒绝先生像棋盘上的“马”一样跳跃，没有固定的地址。为了不透露自己的行踪，他索性把自己去过的地方遗忘得一干二净。假如别人拉住他问路，他就说：“我对这里不熟。”他的绝招不是对某个地方不熟，而是对任何地方都不熟。他曾经一走出某幢房子就立刻忘了自己前一晚还在里面过夜。他只需轻轻一跳就能来到一个新的环境。在这里，物品的名称和外观都与原先那处不同。他不会隐藏起来，而是四处蹦跳。

拒绝先生只会在万不得已时开口说话。不论是别人的话还是自己的话都会带来负担。当你结束谈话、一人独处时，先前说过的所有的话又会自己响起来。这情形太可怕了！它们响个没完，缠着你不放，对你苦苦相逼，让你疲惫不堪。怎么才能摆脱这些言辞呢？某些词句不依不饶、执拗万分地不断重复，另外一些则逐渐淡化消失。只有未雨绸缪者才能躲过这种困境：他们一言不发，让词句沉睡不醒。

拒绝先生最终摆脱了自己的名字，使人无法称呼。他在棋盘上狡黠而轻巧地跳动，不受任何人的摆布。